わたしの旅ブックス
007

旅する歴史家

河合 敦

産業編集センター

はじめに

最初の旅の記憶は、十一歳のときのものである。

私の両親には宿泊を伴う旅行をする習慣がなかった。だから家族で旅行をしたのは、生涯にただ一度だけ。小学校五年生のとき、伊豆の下田へ行った。

このとき、昔両親が新婚旅行で泊まった黒船ホテルに一泊した。どこを見て回ったかは完全に記憶から抜け落ちているが、ホテル館内の様子ははっきりと脳裏に焼き付いている。天井のシャンデリアがキラキラと輝き、ゴージャスなソファーと赤いふかふかな絨毯が印象的で、まるで西洋の宮殿のようだと思った。

それから二十年後、私は妻子を伴って黒船ホテルに泊まった。ちょうど下田に来日したタウンゼント・ハリスについて執筆しており、急にあの鮮やかな館内の様子が思い浮び、どうしても行きたくなったのである。

室内温泉付のぜいたくな部屋に泊まり、おいしい料理に腹包みを打ったが、ホテルは私が思い描いていた印象とはまったく異なっていた。二十年のあいだに記憶が変容し、すばらしい幻影を勝手につくりあげてしまっていたのだ。

思い出は時が経つと美しくなるというが、まさに旅のそれは、その最たるものではなかろうか。そして、だからこそ人は、旅に出たがるのではないかと思う。


仕事柄、私は取材や講演のため一年中あちこちを旅行して歩いている。そこで、この本にも印象的な旅行の体験談を記した。しかしこの本は、単なる紀行文ではない。

じつは、私の半世紀にわたる人生を旅に見立てた自叙伝でもあるのだ。

何の偉業も成していないのに、自伝を書くなどおこがましいにもほどがある。けれど、歴史家として、多くの伝記や自伝を読んできた私は、この執筆の依頼を受けたとき、嬉しくてついつい引き受けてしまった。

かくして、改めてこれまでの来し方を綴っていくなかで、自分という人間の本質、そして、これからの生き方を考える良い機会となった。


私はサラリーマン家庭の長男として一九六五年に生まれた。ちょうど太平洋戦争が終わってから二十年目にあたる。当時の日本は、高度成長期のまっただ中にあった。それからわずか五十年、日本の社会は大きく変貌した。石油ショックを乗り切って経済大国となった日本だが、バブル経済がはじけてから長期的な不況が続くようになった。

一方で近年は、情報化や国際化の波が押し寄せてきている。こうした予測不能な社会をどう生きていくか、それは現代人に共通する悩みだともいえる。

そんなとき、役に立つのが歴史学である。

過去とまったく同じ出来事は起こらないが、同じようなことは何度も起こる。だからこそ、歴史に学んで自分の将来に活かすべきなのだ。そんなポリシーをもって、私はこれまで多くの歴史作品を世に送り出してきた。

しかし、もともと私は、歴史作家になるつもりなどさらさらなかった。ましてやテレビに出演したり講演したりするとは夢にも思っていなかった。子供のときからずっと学校の先生になりたかったのだ。

その夢を果たしたのに、なぜ違う道へ歩を進めることになったのか。

これに関しては、とても一言では説明できない。あえて言うなら、計画どおりいかないのが人生であり、万事は塞翁が馬なのである。
本書を読んでいただければわかるとおり、私の教員人生は、決して幸福とはいえなかった。しかし、与えられた環境のなかで、私はくさらずにいつも最善を尽くそうと努力を重ねてきた。その結果が、今の自分なのである。

世の中には、歴史作家や歴史研究者になりたいという人は少なくないだろう。ゆえに河合敦という人間がどのように形成されていったのか、それを率直に伝えるのも決して悪いことではないと考え、あえて世間に自分の半生を赤裸々にさらすことにした。
この本を読んでいただき、少しでも心に感じるところがあれば、著者にとってはこの上ない幸福である。

二〇一九年二月

旅する歴史家
目次

第一章

はじまりの旅

高度経済成長時代に生まれる

私は、一九六五年に東京都の町田市で生まれた。時代は、高度経済成長のまっただ中であった。

ただ、前年に戦後最大の国家イベントである東京オリンピックが開催されたため、それに向けて数年前から新幹線や高速道路などインフラの整備がなされ、公共事業に莫大な財源が投じられた。そのためオリンピック景気（好景気）が到来したが、オリンピックが終わったこの一九六五年は一転して不況となった。

しかしその後景気は持ち直し、高度成長はそれからも数年間続いた。所得も倍増して日本人は一気に豊かになり、ライフスタイルにも大きな変化が訪れた。テレビなどのマスメディアが発達し、スーパーマーケットが登場、自家用車も普及し、余暇を楽しむ人々が増えていった。

一方でアメリカが本格的にベトナム戦争に参入、国内では反戦運動の気運が高まりはじめた。佐藤栄作内閣が日韓基本条約を結んでようやく韓国との国交を正常化させたのもこの年の出来事であった。

私の生まれた町田市は、国鉄（現在のＪＲ）と小田急線の乗り換えができ、三、四十分で都心まで通えるため、駅周辺の商店街は大いに栄え、人気のベッドタウンとして急激に人口が増加した地域だった。ただ、自宅のある図師町《ずしまち》は、そんな町田駅からバスで三十分近くもかかる場所にあり、周囲には田畑や林が点在していた。

農民ではなく勤め人になった父

私の父は、十四人兄弟姉妹の末っ子であった。よくもまあ、祖母は一人で十四人もの子供を生んだと感心する。これにあきれたのか、父の長兄（私にとっては伯父）が、祖父母に向かって「また生むのですか」と言ったという。これを聞いた祖父母は激怒したというが、言った伯父の気持ちもわからなくはない。ちなみに私の父は、祖母が四十五歳のときの子どもである。

河合家の由来については後に詳しく述べるつもりだが、江戸時代からの豪農であった。

郷土資料を調べてみると、名主（現代でいえば村長）を補佐する組頭をつとめた先祖もあったことがわかる。言い伝えによると、河合家は広大な田畑を所持していたが、私の曽祖父・嘉吉の時代に、当人がたいへんな飲んべえで短命だったので、多くの土地を手放してしまったという。

ただ、短命といっても六十歳までは生きているし、この時期、松方デフレによって多くの農民が没落して小作人や都市労働者になっているので、おそらく河合家もその影響を蒙ったのだろう。幸い、それでもまだ手元にはかなりの土地が残っていたようだ。

いずれにせよ、傾いた河合家を建て直したのは祖父の善助だった。十四人も子どもをつくる男だ。相当に精力的だったのだろう、とにかく朝から晩まで働き続け、もうけた金でどんどんと田畑を集積していった。昭和十三年の記録によれば、忠生村（町田市の一部で図師町を含んでいる旧村）で一番の地主になっている。

戦後の農地改革によって失った田畑もあったかもしれないが、それでも河合家は多くの土地を持っていた。そんな家で育った私の父は、結婚を機に実家を離れて新居をかまえた。祖父母が新しい屋敷を建ててくれたのである。そういった意味ではボンボンだといえた。

長兄夫婦には、長年子どもができなかった。ために、私の父は兄の養子になって河合家を継ぐ予定だったが、急に子が出来たことで、分家に出たのである。だから農業高校に進んだものの、家を継ぐ必要がなくなったので、卒業後は食品製造会社に就職した。農民ではなく、勤め人になったわけだ。

ようやく生まれた待望の子

私の母は、神奈川県大和市の出身である。やはり農家の出だが、その家は柴田家といって、土岐政頼《ときまさより》という美濃国の守護大名の孫・新五左衛門を祖としている。土岐一族は、蝮と呼ばれた斎藤道三《さいとうどうさん》に国を奪われて流浪の身となった。新五左衛門は甲斐の武田氏の庇護を受けていたが、武田滅亡後、この福田（大和市の一部）にやって来て土地を切り開き、名主となって地元の女性との間に五人の男子をなした。その長男の平四郎が母の実家の始祖だという。

福田の周辺には柴田姓が多く、かなり昔から土着しているのは確実で、その家紋も土岐氏が用いる桔梗紋である。が、果たして本当に美濃国守護の土岐一族の血を引いているのかは、はなはだ疑問である。江戸時代には、適当に系図をつくって自分の家系を飾ることが流行ったので、柴田家もその類いかもしれぬ。しかしながら、母方が大名の血筋を引いているという言い伝えは、少しだけ嬉しくもあり、自慢でもある。

両親は、知人の紹介によるお見合いで出会った。ただ、このとき母はおとなしい父親が頼りなく思え、父との交際をいったんは断っている。ただその後、よく事情は知らないが、正式につき合うようになり、昭和三十八年に結婚した。ちなみに母の兄弟姉妹も十人で、彼女はその七番目の子になる。そんな多産系の両親だったが、しばらくの間、子どもができず、ようやく一年半ぐらい経って妊娠し、この私が生まれた。かなりの難産だったようで、場合によっては帝王切開の可能性もあったと聞く。

小学四年生で急に変わる!?

とにかく私は身体の弱い子で、三、四歳からしょっちゅう病気をしていて、病院をはしごすることも珍しくなかったそうだ。五歳のときに保育園に入った。両親が共働きをしていたわけではない。近くに幼稚園と保育園があり、母はその両方の施設を私に見せ、どちらに入りたいかを尋ねたところ、なぜか保育園のほうだと答えたからであった。ただ、働く母親にとって保育園の月謝は非常に安いのだが、専業主婦家庭には高い金額設定になっていた。入学のさいにそれを知って母は驚き、私の弟のときは問答無用で幼稚園のほうへ入学させている。

病弱なこともあって、小学校低学年までは比較的おとなしい子であったが、反骨精神は旺盛で正義感も強かった。顔はそれなりに整っていて、保育園の年長のときには学芸会で主役の王子様役に選ばれた。いまもその写真は残っているが、演じた記憶はまったくない。自分でも明確な理由はよくわからないが、小学校四年生のとき、急に人が変わったように快活な少年になった。

いま思えば、急に背が伸びたことがその理由の一つだった気がする。低学年のときは低いほうだったが、ぐんぐんと身長が伸び始め、小学校五年生ですでに百六十センチを超えた。ただ、それからたった八センチしか伸びなかったので、人よりも成長期が早く来ただけだったのだ。けれど、他の児童より背丈が高いことは、自分の自信につながったように思う。また、それが原因かどうかわからないが、急に女の子にもてるようになった。小学校四年生のとき、複数の子から初めてラブレターをもらった。

そうしたことがあいまって性格も積極的になり、クラスのまとめ役として学級委員にも選ばれた。なのに集団行動はどうも苦手で、授業中にじっとしているのが辛くて仕方なく、友達に消しゴムのカスをぶつけてみたり、ノートや筆箱に落書きをしてみたり、ときには先生に気づかれないように教室の床を歩伏前進してみせたりした。みんなが驚いたり喜んだりするので、嬉しくて仕方がなく、そうした非常識な行動は日に日にエスカレートしていった。

いまでも覚えているのは、小学校五年生の運動会の出来事だ。入場行進のとき、注目を浴びたいがために一人だけ反対向きに歩きながら行進してみせたのだ。

担任の若い教師がこれを見とがめ、私の太ももを思い切り叩いた。あまりの痛さに涙が出そうになったが、グッとそれをこらえた。太ももにはくっきりと手形が残っていたのを今も覚えている。もちろん悪いのは私だが、そのときは「何もみんなの前で叩くことはないだろう」と憎悪の気持ちがわき、以後、子どもに命令をする教師という存在に反発心を抱くようになった。

ガキ大将だった小学五年生

小学校五年生のころ、裏の河合家本家の畑で、土器を発掘するようになった。町田市は多摩丘陵が広がっていて、多くの縄文遺跡が存在する。裏の畑もその一つだったのだろう。自分で百科事典を参考にして三、四千年前のものだろうと推測した。そんな大昔の人間がつくった遺物を手にしている自分に、感動を覚えた記憶がある。おそらく歴史というものに興味を抱いたのは、このときが初めてだったと思う。

この裏の畑というのは、さらに奥に雑木林が広がっていて、格好の遊び場だった。というより、イタズラの場であった。私は友達を雑木林にいざない、自分が掘った穴に落としてみたり、渋柿を食べさせてみたりと、かなり悪い意味でのサプライズばかりを楽しんでいた。そんな悪ガキだったので、近所の子どもたちの保護者のなかには「あの子と遊んではいけません」という人もあったと、後に友人から聞いた。冷静に考えると、やって良いことと、いけないことの区別ができない子どもだった気がする。

ある日、裏の畑で篠竹を刀代りにして雑草（ヒメジオン）の花をどんどんと切り落としていた。スパスパと花が落ちるのが面白くて、すべての花を切り落としたが、それでも満足できず、ついに畑の菜の花にも手をかけた。後日、多くの菜の花が切り落とされているのを見て、作物を育てている伯父が怒鳴り込んできて、両親にもこっぴどく叱られた。

ただ、私にとっては、ガキ大将として好き放題をしていたこの小学校高学年のときが、生涯のなかで最も楽しかった気がする。

悪ガキになりはじめた小学校四年生の遠足。
前列左から二人目が本人。

理想の〝先生〟との出会い

地元の中学校に入学すると、そこは非常に荒れていた。先輩たちの相当数が、いわゆる不良少年少女であった。校内暴力が流行していた時代のことである。

私は悪ガキだったが、徒党を組んでいきがり、威張り散らしている不良という生き物が、どうも嫌で仕方なかった。小学校時代の友達が次々とリーゼント頭になっていったが、私はそうした仲間にはけっして加わらなかった。むしろ制服をきちんと身につけ、横ワケのヘアスタイルというまじめな姿をしていた。たぶん、不良少年に対する反発心があったのだろう。だからといって、いじめられたり馬鹿にされたりはしなかった。不良たちの多くが悪ガキだった私を知っているので、彼らから一目置かれていたのだろう。

とくに腹立たしかったのは、中学校の教員たちの態度だった。

不良ばかりに手をかけ、かわいがり、まじめでおとなしい生徒を放っておいたからだ。後に教員になってみて、はじめてその気持ちが理解できたが、中学生の頃はそうした教員の態度にむかついていた。

そんなときだ。どんな生徒にもわけへだてなく接し、見捨てずに立ち直らせてくれるスゴい先生に出会った。ただ、残念ながらそれは、現実世界の話ではない。テレビ番組の中でのこと。そう、かの有名な金八先生である。

——自分もこんな人になりたい。中学校二年生のとき、ＴＢＳドラマ『3年Ｂ組金八先生』を見て心底そう思った。こうして学校の教員になるという、私の進路が決定したのである。

すぐにレギュラーになれると聞いて

学校の先生になろうと思ってから、勉強も頑張るようになった。定期考査のたびごとに学年約三百五十人中、上位三十名が各教室に貼り出された。元来、目立ちたがり屋の私は何としてもベスト10入りしたいと願った。当時はＴＢＳの「ザ・ベストテン」など歌のランキング形式の番組も流行っていることもあって、目標実現のためにかなり努力したが、最高が十一位で、どうしても十位以内には入ることができなかった。理由は単純だ。数学が足を引っ張っていたのである。どんなにがんばっても数学だけは苦手で、成績はせいぜい五十位止まりだった。

それでも数学の成績は5段階評価で4をもらえた。高校に進学するにあたって、内申が足りているので超進学校の都立八王子東高校を受けようと担任に相談した。だが担任の先生は数学の教師で「君は入学できると思うが、きっと数学で苦労することになるからよく考えなさい」と言われた。自分でもそうだろうなと妙に納得して別の高校を受けることにした。

担任からは受験校として、都立狛江高校や町田高校、法政大学第二高等学校などを薦められたが、ちょうどその頃、成瀬高校に入ったバスケット部の先輩が中学校に遊びに来た。先輩は私に「うちの学校なら河合は一年生でも即レギュラーだよ」と言ってくれた。まだ新設四年目の高校だったからだ。何をどう思ったか、この言葉が妙に心に響き、私は「絶対に成瀬高校に行こう」と決めてしまった。担任や両親からは翻意を求められたが、成瀬高校に自分の輝く未来があるような気がして、結局、その制止を振り切って受験した。

大好きなバスケットを断念

無事に受験に合格して、まだ入学前の春休みから私は成瀬高校バスケット部の練習に参加した。練習はかなりハードだったが、楽しかった。入学後も勉強より部活中心の生活が続いた。朝練、昼休みのシュート練習、放課後も体育館が使えない日は十キロほど近くの神社まで往復した。確か筋トレでは腕立て・腹筋五百回ずつをこなしていたと思う。次の日は筋肉痛に苦しみながら学校の階段をのぼり、友人との雑談で笑うと、腹筋が激しく痛んだのを覚えている。それでも毎日が充実していた。

練習中は水を飲むとバテるという誤った知識から水を飲ませてもらえなかったので、毎日放課後、帰りがけにジュースをがぶ飲みし、それでお腹がいっぱいになり、夕食はろくに食べなかった。そのため、体重は四十八キロまで落ちていった。

すでに一年生から練習試合や公式戦に出場させてもらえ、このまま二年生の秋になったらチームの柱として頑張ろうとはりきっていた。ところが一年生の春休み、学校のトイレで用を足していたら、コーヒーのような色をした尿が出たのである。異変に気づいたものの、しばらく黙っていた。が結局、新年度の尿検査で異常が見つかった。尿にかなりの血がまじっていたのだ。三次検査でも血尿がとまらず、結局、病院で精密検査をしたところ、突発性腎出血という診断がくだった。原因はわからないが、ようは腎臓から出血しているということだ。当然、運動の制限がかかり、「部活動もしばらく休むように」と指導された。三カ月ほどして血尿がとまったので部活に復帰したが、それからしばらくしてまた血尿が出始めた。

部活動がしたくてこの高校を選んだのにもかかわらず、大好きなバスケットができなくなってしまったのである。こうして二年生の秋から、やることがなくなった。部活ばかりやってきたから、当然、いまさら勉強に力を入れる気もしない。校庭に響きわたる、運動部の元気なかけ声を聞きながら、放課後はそのまま自宅へ帰り、ゴロゴロして過ごすようになった。

17歳高校2年おわり頃。もう大好きだった部活動はできなくなってしまった。
真ん中が本人。

運命の一冊の本との出会い

あるとき、ふと、帰りがけに駅の本屋に立ち寄った。きっと、あまりに暇すぎて、読書でもしようかと思ったのだろう。すると赤、青、黄色といったカラフルの文庫本が平積みしてある。近寄って見たら、『竜馬がゆく』と書いてある。

司馬遼太郎のベストセラー小説、全八巻であった。

私の敬愛する金八先生は、悩みがあると、坂本龍馬の写真に向かって相談していたから、もともと龍馬という人には興味を持っていたし、歴史も好きだったので、思わず第一巻を手にとってレジへ持っていった。読み出したら止まらなくなった。おそらく全八巻を読み終えるのにひと月はかからなかったと思う。

とくに龍馬が暗殺される場面は何度も読み返した。司馬遼太郎はこの小説の最後を、次のような言葉で結んでいる。

「天に意思があるとしかこの若者の場合、おもえない。天が、この国の歴史の混乱を収拾するためにこの若者を地上にくだし、その使命が終わったとき惜しげもなく天へ召しかえした」「若者はその歴史の扉をその手で押し、そして未来へ押し開けた」

これだけの長編小説を読むのは初めてのことであったし、主人公の龍馬に強く感情移入していたので、私は龍馬暗殺の場面で涙があふれ、司馬さんのこの言葉を読んで心が震えるほどの感動を味わった。おそらく本を読んで泣くというのも初めてのことだったと思う。

すでに将来は教員になろうと思っていたが、この『竜馬がゆく』を読んで、大学に入ったら龍馬を研究し、将来は日本史の先生になろうと決意したのだった。と同時に、そして密かに、やがては自分も坂本龍馬のように日本を、さらには世界を動かすような人になりたい、そんな野望を持つようになった。

国立大学を希望するも……

人生の目標が定まったとき、すでに高校二年生の秋になっていた。しかし、歴史は日本史も世界史も猛然と勉強するようになった。歴史の成績はほとんど学年トップに近かったと思う。この頃から、教員になるために東京学芸大学か横浜国立大学を目指そうと考えるようになった。それを担任の世界史の先生に相談してみると、ケラケラと笑いながら「君は数学がダメだから、やめたほうがよいと思うよ」とはっきり言い切った。それを聞いて、思わず私も笑ってしまった。

的確な指摘だと思ったからだ。

そう、やっぱり高校になっても数学は出来なかったのだ。それどころか、五段階で四だった成績は高校では二まで落ちていた。国立大学に入るためには、共通一次テストを受けなくてはならず、文科系学部の志望者でも、受験教科の中に数学や理科が含まれていた。

でもどうしても諦め切れず、高校三年生になってからも国立大学への進学を目指し、学校の選択教科でも「数学Ⅰ」をとった。ところが一学期の期末考査で、なんと「0点」という情けない成績をとってしまったのだ。いくら努力してもわからない。自分でも悲しくなってしまった。

共通一次テストの結果だが、やはり数学の点数は惨憺たるものだった。二百点満点中わずか五十六点だったことをはっきり覚えている。他の教科は予定の点数に達していたが、この数学の成績が大きく足をひっぱり、志望校の変更を余儀なくされた。担任からは教育学部のある地方の国立大学の受験をすすめられた。ただ、一人暮らしなど考えることができなかったので、一月の終わりになって急遽、志望校を私立大学に変えることにした。

だが、国立と私立とでは、試験の出題内容が全く異なっていた。国立は多くの教科を広く浅く、対して私立は国語・英語・日本史の三教科を深く学ぶ必要があった。いまになって、高校二年生のとき担任の先生のアドバイスに従い、はじめから私立大学を目指すべきだったと深く後悔した。が、それも後の祭りである。

ただ、このときの経験は、教師になってから役に立ったと思っている。教員の多くは高校や大学で成績が優秀な人、国立大学出身者が多いのだが、そうした人たちのなかで、私は勉強のできない辛さを知っていたからだ。だから歴史が苦手な子どもたちの苦しみがよくわかったし、「なぜお前は出来ないんだ」などと生徒を叱ったことはない。やはりいくら努力してもダメなものはダメ。それよりも、良いところを伸ばせばいい。そんなふうに考えることができた。たぶん生徒たちも、感謝してくれているのではないかと自負している。

親を説得して再受験

いずれにせよ、にわかに国立から私立に変えても、結果は知れている。受けた私立は次々と落ちてしまい、滑り止めにしていた私立大学、しかも教育学部や文学部ではない経済学部にどうにか引っかかった。当時は浪人が当たり前の時代だったが、教師になることが目的だったから、社会科の免許がとれる大学ならばどこでもよいと考え、入学を決めてしまった。だが、それが間違いだった。

経済学部というのは、けっこう数学的な能力を必要とするうえ、歴史科目が少なくて、まったく講義が面白くない。「やはり私は、歴史を勉強したいのだ」改めてそう気がつき、両親に「違う大学を受けなおしたい」と告げた。

これを聞いて母親が反対した。「いったい何を考えているの。いまの大学でも教師になれるんでしょ。入学金も授業料も払ったのに、また来年、大金を払えというの」

かなりの剣幕だった。まあ、当然の反応だろう。

ただ、一度決めたらそのまま突き進んでしまうのが自分の性分なので、怒られたからといって、諦めるつもりはさらさらなかった。だから最後は母親のほうが折れた。

再受験を認めてもらうにあたって私が両親に約束したことは、「いま通っている大学は一年間は通い続け、すべての単位をとる。受験する費用は自分で出す。その後、四年間でかかる学費もすべて自分が出す」

というものだった。

これを聞いて、両親も私の覚悟を知ったのだと思う。

このため、再受験を決めた夏以降は、居酒屋と家庭教師のアルバイトをかけ持ちし、大学講義以外はすべて受験勉強の時間にあてた。休みの日には一日十二時間以上は、勉強していたと思う。あまりにやりすぎて疲れ果て、昼間に机に突っ伏し、気づいたら朝だったということもあった。

第一希望は、青山学院大学文学部史学科だった。高校生時代は、教師になるためには国立大学か私立の教育学部だと盲信していたが、高校の日本史の先生の多くは史学科出身者が多く、教育的な技術より、高校では専門性の高さが重要だと知ったからだ。

しかも当時はバブル景気が始まりだした頃で、表参道にある青山学院大学は渋谷にも近く、学生は異性にモテると評判だった。この頃は、慶応、青学、立教といった大学が、オシャレな学校としてとても人気が高かったのだ。「女の子にもてたい」これは、クラスに女性が三人しかいない経済学部にいる私の切実な願いであり、青学生になればモテるだろうという安易な考えもあった。

だが、当時の代々木ゼミナールの偏差値一覧を見ると、青学の史学科は早稲田大学の教育学部教育学科より偏差値が高くなっている。つまり超難関学部だったのである。日本史や国語の成績は合格ラインに達していたが、英語がいまひとつだった。

「やはり、志望校を落とすしかないか」

そう考えていたとき、たまたま書店で目にとまった本があった。

『運命は思い通りに操れる！』（謝世輝著　ＫＫロングセラーズ）だ。その本の表紙の肖像が私の大好きなブルース・リーに似ていたからだと思う。

立ち読みしていて、衝撃を覚えた。

「人間は、自分が思ったとおりになる。強く願えば、必ず夢は実現する」

という内容だった。今思えば非科学的なことが書いてあるが、背水の陣で大学再受験に臨んでいる自分にとって、この言葉はなによりの救いであった。

以後、受験勉強の合間に何冊も同じような類いの本を読んだ。

そして寝る前に、自分が青学に合格している姿を想像した。出来るだけリアルに映像化する必要があるというので、わざわざ大学にまで足を運び、合格者番号が張り出される掲示板が立つ建物の前まで行き、自分が合格して喜んでいる姿、掲示板まで砂利を踏んで歩いて行く感覚、キャンパスで仲間たちと談笑している様子を思い描いた。

その効果があったのかどうかはわからないが、見事に第一志望に合格した。滑り止めにしていた明治大学、法政大学、中央大学もすべて合格だった。史学科としては明治大学のほうが有名で、両親からはそちらを勧められ、学費も出してやると言われたが、私は青学に入った。もちろん約束どおり、学費は四年間、アルバイトと奨学金で賄い続けた。

学生をしながら塾の経営

私が通う青山学院大学のキャンパスは、表参道ではなかった。小田急線の本厚木駅で降り、そこからバスで二十分近くかかる厚木キャンパスだ。青山キャンパスは三、四年生になってからで、一、二年生は厚木へ通わなくてはならなかった。けれど、町田市に自宅があったので、それほど遠くはなく、歴史中心に学問ができるので大学が楽しくて仕方なかった。

ただ、私の学生生活は極めて多忙であった。二人の中学生の家庭教師をしながら、中学校時代に通っていたときの学習塾の先生から塾の経営を任されたからである。

その先生は一年間、中国の大学に招かれて教えることになり、私がその留守をまもることになったのである。こうして十九歳で私は塾の経営者となった。よくもまあ、塾の先生も思いきったことをしたものだ。この間、生徒がたくさんやめてしまったり、盗難事件や喧嘩があったりと心労も絶えなかったが、この経験は教師を目指していた私にとって、得難い貴重なものとなった。

ただ、いまでもときおり、「塾に行く日なのに、うっかり忘れてしまった！」と焦って飛び起きることがある。夢であったことに心底安堵するが、よほど、十九歳の青年にとっては塾の経営はプレッシャーだったのだろう。

翌年、塾の先生が中国から戻ってくると、その先生の紹介で、別の塾で講師として中学生を教えることになった。こうして週に三回のアルバイトをしながら大学に通いつつ、部活動も始めた。古美術研究会にも入ったのである。遊びのサークルではなく、青学の文化連合会に属していているれっきとした大学公認の団体であった。

その活動だが、古い壺を鑑賞するわけではなく、昔の建築物や仏像、庭園、絵画などを研究するクラブである。古美術研究会に入ろうと思ったのは、年に二回、京都・奈良で合宿があるからだ。坂本龍馬が好きな私は、できれば龍馬の墓や活躍した場所がある京都に行きたいと思っており、そうしたクラブを探していたのだ。ただ、京都で合宿する部が複数あるのに、古美術研究会を選んだのは、集合写真に可愛い女の子が何人も写っていたからだ。何とも安易な選択だったが、やはりこの時期は人生にとって異性が最も大きな関心事だったのだろう。

ただ、古美術研究会では男ばかりの建築班に入り、合宿では主に建築物があるところを中心にいろいろなコースを巡った。建築班は思った以上の体育会系で、比叡山の千日回峰《せんにちかいほう》行《ぎょう》の行者道を走ることが伝統になっていた。あるときなど、山深い海住山寺《かいじゅうせんじ》から蟹満寺《かにまんじ》へ行こうとして、完全に道に迷ってしまい、山中で飲み水もなくなって川の水まで飲んだ。最後はたまたま山道を通りかかった工事のトラックに救助されたこともあった。今となればどれも懐かしく楽しい思い出である。結局、二年生のとき建築班のチーフとなり、三年生では古美術研究会の会長になった。

鎌倉幕府の成立年は……

青学の史学科では坂本龍馬を研究しようとしたのだが、入学早々、それができないことがわかった。史学科では年度当初、教授たちが学生を一人ずつ面談する。そのさい、龍馬を研究したいと告げたところ、「うちの学校には幕末史の専門家はいないんだよ」と笑われてしまった。そこで三年生になってゼミを選ぶとき、熊本藩の儒学者・元田永孚《もとだながざね》研究第一人者だった沼田哲先生のもとで自由民権運動について研究することにした。ちょうど地元の町田市が自由民権運動の盛んな地域だったという背景もあった。

いずれにせよ、最初の目論見こそ外れたものの、大好きな歴史を学べた四年間の大学生活は楽しく、幕末や明治以外の時代の講義も興味深いものであった。だから歴史に関係する授業は決して休まず、結果として成績もよかった。

先生方が研究されている専門の話は、面白い上にためになり、忘れられない講義もたくさんある。あえて一つ挙げるとしたら、貫達人《ぬきたつと》先生の授業だ。大学一年生のとき「史学概論」という歴史学に関する必修科目を受けたが、このときの担当が中世史の大家で名誉教授の貫達人先生だったのである。貫先生は言った。

「鎌倉幕府の創立は、一二二一年と覚えなさい」

その言葉に驚いたが、言われてみれば納得だ。この年、西国を支配する朝廷の後鳥羽上皇が幕府に挙兵して敗れ、幕府は西国にも勢力をのぼし、名実ともに全国政権となったからだ。でもそうなると、幕府をつくったのは源頼朝ではなくなってしまう。なぜなら頼朝は一一九九年に死んでいるからだ。まるで笑い話だ。

平貞文の「箱」の話

そんな貫先生の授業で、いまも忘れられない講義がある。

イケメンでもてもての平貞文《たいらのさだふみ》という平安貴族がいた。そんな彼が本院侍従《ほんいんのじじゅう》と呼ばれる美女に恋をする。しかし彼女はなびかなかった。何度もアタックしたが相手にされない。そこで、あきらめるために貞文がとった行動が、彼女の箱を奪うことだった。樋箱《ひばこ》という携帯トイレである。当時の貴族女性は便意をもよおすと、屏風などをひきまわし、侍女に樋箱を持ってこさせ、そこで用を足していた。

貞文は「樋箱の中のモノを見れば、いくら惚れた女でもさすがに嫌いになれるだろう」と考えたのだ。そして侍女から箱を奪い取り、そっと中を開けてみた。

「いい匂いがした」という。箱の中の液体、飲んでみた。「おいしい」と感じた。箱のなかの物体、食べてみた！　これも「おいしかった」というのである。

じつはこれ、本院侍従があらかじめこうしたことを予測し、食材を使って尿や排泄物をつくっておいたのだという。そこまで話したとき、急に貫先生が私に向かって質問した。

「あなたはこの話、信じますか？　このおしっことうんこ、ニセものだったと考えますか？」

にわかに指名され、私は大いに慌てた。質問の意図がよく理解できなかったからだ。とりあえず私は「逸話が残っているのですから、事実なんじゃないですか」と答えた。するとしまっ貫先生は、私に向かって「あなたはまだ、本当の恋をしたことがありませんね」と言ったのである。

そう指摘され、そのときはムッとした気分になったが、今になって、先生の言わんとしたことはよく理解できる。おそらく貫先生は、「本当に人を愛すれば、相手の排泄物であっても汚いとは思わない。それほどすべてを好きになれるものなんだよ」そう教えたかったのかもしれない。だから私も、いまでは自分が学生たちによくこの話をしている。

本当の授業とは、このようにあとからじわりと心に染みてくるものなのだろう。

教員採用試験に挑戦

大学四年生になった。いよいよ就職活動の時期である。すでに三年生の後期から学生たちの就活は始まっていた。当時はバブル景気の絶頂期にあり、いまと同じように就職は超売り手市場であった。ゼミが終わると、大企業に入った先輩たちが待ち構えており、「ぜひうちに来ないか」と後輩たちを誘っていた。一人で十社以上の内定をもらう友人もいた。内定が決まると、他社に逃げないよう、企業は研修と称してハワイなどの海外へ学生たちを連れていった。いまでは考えられない話だ。ちなみに友人たちの多くは給与の良い銀行や証券会社に入っていった。

一方私が目指す東京都の教職員は、非常に狭き門であった。とくに高校日本史の採用枠は極めて厳しく、毎年、三十倍から四十倍はあった。おそらく弁護士よりも倍率が高かったのではないだろうか。

試験は専門の日本史ができればよいわけではなく、教職教養試験、論文試験があり、それに合格すると、今度は二次試験として集団面接、個人面接があった。

一九八八年七月、教員採用一次試験が実施された。

日本史はほとんど完璧にできたが、教職教養は自分としては「いまいちの出来」というのが正直な感触だった。だから次の論文試験で、どうにか挽回しなくてはならないと焦った。このときの論題は「落ちこぼれる生徒に対してどのように支援するか」といったような内容だった。時間は確か九十分だったと思う。

はじめは、通り一辺倒なことを書き始めていたが、突然、脳裏に敬愛する吉田松陰のことが浮かんだ。『竜馬がゆく』を読んでから私は司馬ファンとなり、片っ端から司馬遼太郎の小説を読みまくっていた。そのなかで吉田松陰とその愛弟子・高杉晋作を主人公にした『世に棲む日々』に大いに感動し、以後、松陰を敬愛するようになっていた。だから松陰がどのように子どもたちを育てていったかを、論題に沿うようなかたちで書いていったのだ。

笑ってしまうが、文章を書きながら、吉田松陰の教育のすばらしさに涙が出そうになった。

吉田松陰に導かれて

神様が「たった一人だけ、歴史上の人物に会わせてやろう」と言ってくれたら、迷わずに吉田松陰を選ぶだろう。私は高校の教師として二十七年間も教壇に立っていた。松陰が処刑されたのが満二十九歳だから、彼の全生涯に匹敵する時間を、この職業に費やしてきたことになる。

対して松陰が松下村塾《しょうかそんじゅく》で教育を行った期間はあわせて二年にも満たない。

しかも講義室は八畳一間、主な塾生は四十人程度だった。それなのに、塾からは高杉晋作、伊藤博文、山県有朋、山田顕義、品川弥二郎など、明治維新を担った多くの若者たちが羽ばたいていった。

いったい松陰はどうやって、短期間のうちに多くの偉人を育てあげたのだろう。それを本人に会って、直接問いかけてみたいのだ。

記録を読むと、松陰は門弟たちに「志」を持たせることを重視している。たとえば松陰は、「松下村塾は、萩城の東方にある。私は思う。もし萩城（長州藩）が世に大いに顕れるとすれば、それは必ず、この松下村塾から出るだろう」と述べている。

大言壮語のようにも思えるが、少年や若者にとってこの松陰先生が吐いた言葉は、きっと彼らの魂を大きく揺さぶったに違いないし、そんな理想を掲げて教育に邁進する師の期待に応えようと思ったはず。

「おまえたちは、将来、偉人になるのだ」

このように、まずは大きな目標を提示すること、それが松陰のやり方であった。

また松陰は、門弟に対して常に丁寧に接し、一度も声を荒げることがなかったという。どんなに年若であっても、かならず門弟を「君」とか「同志」と言い、決して上から呼び捨てにすることはなかった。また、「私には、門人はいない。すべて友人である。同じ道をきわめた友人である」

そう言って、門弟に自己重要感を持たせてやったのである。

さらに松陰は言う。

「人には賢い者も愚かな者もある。しかし、全く才能がないという人間は存在しない。一人一人の生まれ持った力や個性を良い方向へ伸ばしていってやれば、きっと将来は国家の役にたつ人間になるのだ」

こうして松陰は、門弟たちの長所を見いだし、それを直接、文章にして讃えてやった。いまも弟子をほめた多くの言葉が残されている。

たとえば、久坂玄瑞に対しては、「才あり気あり、駸々として進取、僕輩（私）の栽成

（育成）するところにあらず」と褒め、高杉晋作については「識見気魄他人のおよぶなく、人の支配を受けざる人物」と讃えている。「利助大いに進む。なかなか周旋屋（政治家）になりそうな」といわれた利助とは、後の総理大臣・伊藤博文である。「事に臨んで驚かず、少年中稀にみる男子」と褒められたのは、後の内務大臣・品川弥二郎であった。

松陰は「人を信じることは、人を疑うより、はるかに勝っている。ゆえに、人を信じすぎる欠点があったとしても、人を疑いすぎる欠点は絶対にないようにしたい」とも述べている。

「人の世というものは、結局は信頼関係で成り立っている。だから、人間というものをとことん信頼し切ってしまうことである。一切疑いをはさんではいけない。そうして相手を完全に信じ切ったとき、その人もまた、その信頼に応えようと懸命になるはずだ」

このように、門弟たちに誠意と信頼を持って接し、その欠点や失敗を責めるのではなく、常にその動静に目を配って当人の長所を見出し、これを自覚させて自信を持たせてやる。

これが、吉田松陰の教育であった。

家族の手に負えない乱暴者や不良少年もやって来たが、松陰は喜んで彼らを受け入れた。

塾生の吉田栄太郎があるとき、音三郎、市之進、溝三郎という村の不良少年を松陰のもとに連れてきたが、松陰はそれぞれの長所を当人に告げて褒めてやり、やる気を出させて帰したと伝えられる。不登校になった子もいたが、これを心配して愛情の籠もった文章で来校をうながした松陰の手紙も現存する。

貧しい門弟には、自分の食事を減らして、その者に分与してやっている。

こうした人を師にもって、伸びない生徒はないように思われる。まさに吉田松陰は、日本史が生んだ偉大な教師だといえる。

おそらく、そんなことを東京都の採用試験で書いたのだと思う。

これが評価されたのか、私は東京都の採用試験に合格し、中学生のときからずっと夢に見ていた教壇に立つことになった。

だが、翌年四月に赴任した学校は、思いも寄らないところだった。

これについては次章で詳しく語りたいと思う。

第二章

教師の旅

難関突破で採用されたものの……

二〇一五年三月三十一日に私立高校を退職し、フリーになった。これで二十七年間の高校教師生活に終止符を打った。

あれから三年近くが過ぎ、私も五十三歳、人生の半分以上も教壇に立っていたわけだ。そのうち二十四年間は、都立高校に在籍していた。都立は原則六年間で異動しなくてはならないという決まりがある。このため、私はいくつもの学校を経験することになった。本章では、そんなこれまでの教師生活をふりかえってみたい。

私が教師になろうと思ったのは、別項で述べたとおり、TBSドラマ「金八先生」に触発されたからだ。当時、多くの学校で校内暴力の嵐が吹き荒れていた。私が通っていた東京都町田市立忠生中学校もそうだった。だから、決して生徒を見捨てない金八という熱血教師に強くあこがれたのだ。さらに高校時代に金八先生が敬愛する坂本龍馬を知り、龍馬を研究したいと思い青山学院大学の史学科に入り、そのまま東京都の日本史の教員になることに決めたのもすでに話したとおりだ。

幸運にも東京都教員採用試験には現役で合格し、一九八九年（平成元年）四月に入都した。高校日本史の教員として採用されたので、当然、普通高校に配置され日本史を教えることになると考えていた。ところが、私が採用されたのは養護学校（現在の特別支援学校）であった。東京都の教員採用内定者は、その人物に興味を持った校長からの呼び出しを受け、面接を受けたうえで、その校長が欲しいと思えば、そこに配置が決定する。

当初、私が連絡を受けたのはなんと、聾《ろう》学校であった。全く想像していなかったこともあり、ちょっと教える自信がなかったので、面接の場で動揺してしまった。相手もその態度に不安を覚えたのだろう、採用の話は流れた。ただ、当時は一度くらいダメでも、次にまた別の学校から呼び出しがあると聞いていたので、それほど気にしていなかった。ところが二月末に聾学校の話を断ってから三月半ばまでどこからも連絡がなく、かなり焦りはじめていたところ、ようやく次の校長から連絡が来た。ただ、校名を聞いてまた驚いた。今度は養護学校だったのである。

私の時代はバブル景気の絶頂期だったから、就職は引く手あまただった。にもかかわらず教員採用だけは難関で、高校日本史で東京都を受験した者は四百人以上いたのに採用されたのはたったの十名ほど。つまり倍率は四十倍近くあり、めったになれる職ではなかった。だから仕方なく、私はこの町田養護学校に着任することに決めた。

何のために？　募るむなしさと悲しさ

いきなり高校一年生の担任となったが、養護学校の生徒たちについての知識はなく、摂食補助や排泄補助もはじめての経験だった。また、楽しみにしていた日本史の授業もできなかった。クラスの生徒は全員で十名、担任は三人のチームティーチングであった。大半が個別指導であり、その子にあった教育プログラムを担任たちで相談して決めて授業をおこなった。

毎日のように二時間程度の作業学習があった。作業は生徒の希望が尊重された。農耕、木工、和紙づくり、椎茸づくりなどに分かれていたが、新採教員の私はいきなり人気のない椎茸班の担当となった。椎茸は木の丸太から生えてくる。当時は多摩ニュータウンがまだ造成中で、責任者の許可を受けたうえで、学校の教員が総出で雑木林から原木を切り倒し、一メートル程度に切って丸太にする。丸太にはドリルで多くの穴をあけ、椎茸菌の入ったコマを木づちで打ち込み、丸太全体に菌が回ると、水槽につけたり、山から山へ木をかついで天地返しをおこなった。かなりの重労働であり、重い丸太をかついで山を登っているとき、「俺はこんなことをするために教師になったのか」というむなしさと悲しさがわき起こってきた。

そうした職場での欲求不満が、やがて私を郷土史研究に進ませ、その成果を寄稿して賞をいただき、歴史作家への道を歩ませることになったわけだが、それについては別項で詳しく話したいと思う。

心に響いたある生徒の一言

着任から一年過ぎると養護学校での生活にも慣れ、他の先生方の足手まといにならず、生徒達と過ごす時間も楽しく感じるようになった。若いからこその、適応能力の高さだったと思う。いまの学校は、モンスターペアレントであふれているが、この時代はそんなことはなかった。新米教師の私に対し、保護者は至らない部分を責めるのではなく、むしろ助けてくれた。当時は、若い先生を育ててあげようという心のゆとりが保護者にあったように思う。

養護学校での二年目が終わる春、クラスで小田原へ遠足にいった。そのとき、私は生涯忘れられない経験をした。多くの人に知ってもらいたいと「ＮＴＴトーク大賞」というエッセイの公募に出したところ、優秀賞を受賞することができた。選考委員は阿川佐和子さん、高橋洋子さん、外山滋比古さん、フランソワーズ・モレシャンさん、真鍋博さんだった。

そのときの文章を紹介する。

私は、養護学校の教員をしている。今年の春、クラスの生徒十名を連れて、小田原に遠足にいった。クラスで、遠くに出掛けるのは、初めてだった。予定が大幅に遅れて、昼食前に十二時を過ぎてしまった。私たちは、一時半に帰りの小田原のロマンスカーの席を予約しているのだ。

急いで、近くの食堂に入った。お昼時で、大変混み合っている。しばらくして、店員が注文を取りに来た。

メニューに写真が付いていないので、なかなか注文が決まらなかった。

そんな私たちの動作に業を煮やしたのか、店員は途中までしか注文を聞かず、プイと向こうへ行ってしまった。忙しいのはわかるが、私は彼女の態度に腹が立った。

ようやく、注文が決まって、他の店員にそれをたのんだ。

待っている間、押し入れの奥に座布団があったので、私がそれを生徒達に配っていたら、さっきの店員が血相を変えて飛んで来て、「困ります！　これは使わないでください！」と私の手からそれを引ったくり、他の場所から座布団を持ってきて、投げつけるような乱暴さで、私達にそれを配りはじめた。

これには、私も頭に来て、店員に一言文句を言ってやろうと、口を開きかけたその時、投げつけるように配られた座布団を受け取った勇太（仮名）が、にっこりとその店員に笑いかけて、「おばさん、ありがとう！」と言ったのだ。

一瞬、私は体が動かなくなった。すぐに我に返ったが、感動で言葉が出ない。すると、他の生徒達も口々に「おばさん、ありがとう!」と言い始めたのだ。

私は、泣きそうになった。

「ダレカニ、ナニカヲ、シテモラッタラ、アリガトウト、イイナサイ」

それは、私がいつも生徒達に教えていることなのだ。彼らは、その通り実行した。今の世の中、どれだけの人間が、他人にしてもらったことに対して、素直に感謝の気持ちを捧げられるだろうか。まして、このような扱いをうけて。

私は、自分の短気を深く恥じた。

誰が、この言葉に感動しないものがいようか。

それまでずっと乱暴な態度をとっていた店員は、それを聞いて、人が変わったようによく世話をしてくれ、生徒達とも色々話し、帰りには見送ってくれた。勇太の一言が、私の時間に対する焦りや忙しさで苛立っている店員の心を一瞬にして、正気に立ち返らせてくれたのだ。私にとって、この経験は、生涯忘れ得ぬものとなろう。それは、あの店員とて同じであろう。なんとこの子達から学ぶことが多いことか!　私は、この子達とともに生きている自分が、幸福だと思った。そして、この子達が、心から好きになった。

あのときの鮮烈な感動は、いまでもよく覚えている。

この文章を書いた十三年後、付き合いのある出版社に私宛の一通の手紙が届いた。勇太の母親からだった。彼が亡くなったという知らせであった。まだ三十歳になったばかりだった。手紙には、勇太の葬式に参加したある方の感想が同封されていた。

そこには、次のように記されていた。

「(葬式の)式次第に「おばさん、ありがとう!」という一文が挿んであった。何のためだろう? 不思議に思った私は、式が始まるのを待つ間にそれを読んでみて、いたく感動した。養護学校の河合敦先生が書いた体験談だったが、勇太の素晴らしさを見たからだ」

「そうか、勇太君はそんなこともしたのか。それで、白木のお棺の横に大書してあった「ありがとう」の意味がわかった。息を引き取る前も、何か言いたそうだったのでお母さんが「ありがとう、なの?」と聞いたら勇太君は頷いたそうだ。彼は心から「ありがとう」と言える若者だったのだ。お棺の言葉はみんなへの「ありがとう」だったのだろうが、皆が勇太君に贈る「ありがとう」でもあったと思った」

これを読んで、恥ずかしいことに涙がとまらなくなってしまった。私のエッセーがその後もずっと勇太の家族の支えになっていたことを初めて知ったからである。いずれにしても、文章を書いて賞をもらったのは初めてのことで、同じ年に受賞した郷土史研究賞優秀賞とともに、私が作家になりたいと考えるきっかけをつくってくれた。

ちなみに去年、阿川佐和子さんとテレビで共演する機会があり、「あなたのおかげで作家になることができたんです」とお礼を言ったら、事実を知ってたいそう喜んでくれた。

楽しい授業を工夫した定時制高校時代

養護学校での生活も三年がたち、担任した生徒たちも学校を巣立っていった。私はやはり日本史を教えたいという気持ちが強かったので、これを機に全日制の普通科への異動希望を提出した。

ただ二十七年間の教員生活の中で、一番思い出深いのは、やはり最初に着任した養護学校時代である。ここでの三年間の経験は、私の教育観を根底からくつがえした。金八先生にあこがれて教師になった二十三歳の青年は、努力すれば何でもできるのだという安易な考えを持っていた。しかしここに来て「簡単に生徒に頑張れなんて言ってはいけないのだ」ということを知ったのである。

都立高校の異動には、運不運がある。教師になって四年目、私には運が無いと思った。というのは、異動先が定時制高校だったからである。しかも片道二時間かかる学校だ。夜の十時が退勤時間なので家に着くのは早くて夜中の十二時。だが、私はバスケットボール部の顧問をしていていたので、自宅に帰るのは毎日夜中の一時過ぎだった。

最寄り駅から自宅までバスで二十分以上かかるが、その時間帯にはもうバスはない。仕方なく、学校に申請して最寄りの駅前に駐車場を借りて自宅と駅を車で往復した。もちろん駐車場代は自腹を切った。それにしても定時制も数多くあるのだから、もう少し近くの学校に異動させてほしかった。

定時制も衝撃的な学校だった。勤労青年のための学びの場というイメージがあるが、私の学校は受験で昼間の全日制高校に行けなかった子や、問題を起こして普通科から編入してくる生徒が多かった。しかも中学生には人気がなく、毎年募集定員に満たない。私が担任したクラスもわずか十五人しかいなかった。不登校や中退者も多く、出勤前に生徒の家に行って学校に登校するよう説得したこともあった。家庭環境についても悲惨な生徒がおり、親が育児を放棄したりアルコール依存症だったり、同情を禁じ得ないケースもあった。だから非行に走る生徒も少なくなかった。

学校でも学習意欲に乏しく、平気で授業中に熟睡したりマンガを読んだり、イヤホンで音楽を聴いている者がいた。見過ごせないので注意するが、言うことを聞かない生徒もいる。そこで怒鳴る。すると生徒も激しく反発し、場合によっては一触即発ということが何度もあった。

このように授業を成り立たせること自体、かなりの困難をともなう学校だった。生徒が耳を傾けてくれないので、授業をしながら「まるで自分は教卓に置かれ、勝手に鳴っているラジオのようだな」と惨めな気持ちを抱いたこともあった。でも、少なくても数年間、私はこの学校で教えなくてはいけない。そう思ったとき、この状況をどうにか変えようと決心した。

どうしたら生徒に日本史の面白さを伝えられるのか、真剣に考えるようになったのだ。

結果、生徒が興味を持つ歴史の逸話などを授業に多く盛り込み、話も偉人どうしの会話形式にしたり、本物の史料や遺物を生徒に見せるなどして、懸命に楽しい授業にするよう努力した。どうしても耳を傾けない強者もいたけれど、大半の子は興味を持ってくれた。同じ内容であっても、やり方や話し方によって生徒たちの興味関心をかき立てることができると知ったのである。

私は時々「世界一受けたい授業」などテレビ番組に出演しているが、テレビやラジオに呼んでもらえるのは、おそらくこの定時制時代に学んだ力量のお陰だと思っている。まさに万事塞翁が馬である。

モンスターペアレンツとモンスターネイバー

定時制で四年間過ごしたあと、ようやく全日制普通科の高校に異動することができた。ただ、全日制普通科とはいっても、高校は偏差値で輪切りにされており、私が赴任した学校は大学へ進学する生徒は多くない学校であった。だから、この学校で求められた力は、受験に対応できる専門的な教科指導力というより、生活指導の力であった。じっさい問題行動を起こす生徒もおり、担任や生活指導主任だったときには、たびたび喫煙行為、バイク通学、暴力、万引きなどで特別指導をおこなわなくてはならなかった。

この頃からモンスターペアレンツと呼ばれる人びとが現れはじめ、学校現場には連日のようにクレームが舞い込むようになった。それは、年々ひどくなっていく。ささいな担任や教科の教員のミスについて、怒りをあらわにして、「担任を変えろ、教科担当者を変えろ、さらには辞めさせろ、処罰しろ」と教育委員会や校長にどなり込む。近年はテレビなどでもよく特集されるから、実態が明らかになりつつある。いいことだと思う。

ただ、これに比してあまり指摘されていないのが、モンスター・ネイバー（近隣の住人）の存在である。

「生徒が道を広がって歩いているので、邪魔だ。コンビニの前でたむろっているから解散させてくれ。公園でお宅の学校の男女生徒がいちゃついていて教育に悪い」など、頻繁に電話がかかってくる。

「気づいたのなら、おまえが注意しろよ！」と言い返したくなる気持ちをグッと飲み込み、生活指導主任をしていたときには、遠方まで出かけて謝罪に行った記憶がある。

驚いたのは、「おたくの生徒のせいで契約できなかった」と激しい電話抗議を受けたことだ。その男が言うには、ファミリーレストランで顧客と契約を結ぼうとしていたのだが、生徒たちが大騒ぎしていてうまくいかなかったというのである。抗議の電話は延々、一時間も続いた。ひたすら謝っても怒りが収まる様子はない。部活指導で生徒を待たせてあるので仕方なく、電話を少し強引に切らざるを得なかった。その夜、ファミリーレストランに行って店長に様子を訪ねたところ、それほどの大騒ぎをしていないとのことだった。そこで再び学校へ戻り、教頭にその旨を連絡し、帰宅した。

次の日、すぐに教頭に呼び出された。あの後、東京都教育委員会より、あの男のクレームが入り、仕方なく、その指示により教頭が自ら再びそのレストランに行って聞き取りをし、教育委員会に報告を上げたというのである。

このように学校は馬鹿な保護者やおかしな住民たちの不満のはけ口になっている。

現在学校はブラック企業だといわれ、年々、教員を志望する学生が減っている。単に勤務時間が長いだけでなく、こうした「いちゃもん」の対応に追われ、教員の多くが疲弊しているのである。

私はクレームを一手に管轄する機関を教育委員会に設置し、そこで取捨選択したうえで、教育委員会は学校に連絡をしたり、何らかの対処をおこなうべきだと思う。場合よっては、保護者や近隣住人を名誉毀損で訴えられるようなシステムを構築すべきだろう。そうしないと、優秀な人材が教育界に集まってこず、日本の教育は破綻するのではないかと真剣に心配している。

私は早稲田大学で七年ほど教職を教えている。いつも定員の五十名を超える希望者があった。しかし、三年ほど前から希望者が減りはじめ、いまは定員の半分しか受講してくれないようになった。不思議に思ってその理由を調べてみたら、なんとそもそも教職をとる学生自体が半減していたのだ。若者が教員という仕事に希望を持てない社会、それがいまのニッポンなのだ。

ともあれ、この学校には八年間在籍した。担任を三年間、生活指導部を四年間、そして最後の一年間は現職の教員のまま早稲田大学の大学院に派遣され、そこで専門的な教育をうけ、歴史研究をおこなった。これについては別項で詳しく述べたいと思う。

伝統ある都内有数の進学校に赴任

大学院に派遣されて一年後、私は別の学校へ異動となった。都立白鷗高等学校である。戦前の東京府立第一高等女学校であり、浅草と上野の間にはさまれた地に百二十年以上も存在しつづける老舗の学校だ。

もともと女子校だったこともあり、生活指導もしっかりしており「辞書は友達、予習は命」という格言があるほどで、まじめで礼儀正しい生徒が集まる学校として有名であった。たとえば昭和四十七年には七人、昭和四十八年には八人の東大合格者が出ている。早稲田や慶応、上智大学など私立の超難関校にも延べで九十人程度が合格していた。五学区（中央区・台東区・荒川区・足立区）十一校では、進学実績は断トツで一位であった。

ただ、平成時代に入ると、実績はみるみる下がり、東大合格者は出ても毎年一人か二人になっていた。私は平成十六年、そんな白鷗高校に赴任してきたわけだが、最初に朝礼で生徒たちの姿をみたとき思わず身体がふるえた。

それまで勤務してきた学校と異なり、全員が正しく制服を身につけ、美しく並ぶ姿を目の当たりにして驚いたのだ。しかも私語一つない状況に胸が熱くなるような大きな感動を覚えた。三十九歳のときのことである。

偏差値の高さで都立上位十%に入るような高校を、教員のあいだでは密かに「上がりの学校」と呼んでいた。この学校で教員生活が終わりになる、つまり最後に教える学校という意味である。そんな高校に、私の年齢（30代）で赴任できたのは本当に幸運だといえた。ただ、大変だったのは、この白鷗高校が、都立最初の中高一貫校になると決まっていたことであった。

世間を驚かせた「白鷗ショック」

東京都教育委員会が中高一貫校をつくると発表したのは一九九九年のこと。これより二年前、文科省の中央教育審議会が中高一貫校の導入を提言し、これをうけて翌年に国会で法改正がなされた。

結果、一九九九年から公立でも中高一貫校が設置できることになったのである。東京都教育委員会も都内に十校の中高一貫校を設置すると発表した。それが白鷗、小石川、両国、桜修館、武蔵、立川国際、南多摩、三鷹、富士、大泉高校である。

文部科学省は、中高一貫校をもうけるねらいとして、高校受験のない六年間でゆったりとした教育活動をおこない、生徒の個性や才能を伸ばそうと企図していた。国会も中高一貫校がエリート校化したり、受験の低年齢化に拍車をかけないことを付帯事項として、その設置を認めたという経緯がある。

だから東京都教育委員会も当初はこの方針を採っていたが、途中から進学校化を目指すようになった。こうして私が着任した翌年の二〇〇五年、白鷗高校に附属中学校がつくられ、入学試験にかわる適性検査が実施された。

附属中学校の定員は百六十名（特別枠十六名、一般枠百四十四名）だったが、そこに二千名を超える応募者が殺到したのである。一般枠の倍率は、なんと十四倍を超えた。そこで初年度は五倍まで書類選考で候補者をしぼり、二月三日、適性検査がおこなわれた。当日は多くのマスコミが取材に訪れ、受験会場は異常な高揚感に包まれた。

それから三年後、初めての第一期生が高校にあがったとき、あらたに外部の中学校から八十名の新入生を受け入れ、あわせて約二百四十名となった。私もこの学年の日本史を担当したが、やはりこれまでの生徒と比較すると、よく勉強が出来た。

二〇一一年春、世間の注目が集まる中、一期生が大学入試にのぞんだ。結果、東京大学に現役で五名もの合格者を出した。難関の国立大学や私立大学にも多数が合格した。

この成果に驚いたマスコミは「白鷗ショック」なる言葉を用いた。これによって、人気のあった都立中高一貫校にはますます多くの入学希望者が集まるようになり、毎年七〜八倍の倍率を出すに至っている。

ただ、一方で、受験指導が極めて大変な学校であり、赴任からわずか数年で白鷗から離れていく先生も激増した。「中高一貫校は大変だ」という噂が広まり（事実だが……）、なかなか先生たちも希望したがらないようになった。そうしたなか、私は期限の六年を超えて九年間も白鷗高校に居座り、なんとずっと担任をし続け、三回の卒業生を出したのだった。やはり教師になって十数年後、ようやく自分の異動希望がかなったことで、白鷗高校が楽しくて仕方なかったのだと思う。

二十七年間の長い旅を終えて

一方でこの間、テレビなどのマスコミ出演や、本の執筆や雑誌インタビューの依頼は年々増えていった。都立高校の教員は、公務員である。職務に専念する義務がある。とはいえ、出版の自由は憲法で認められており、教育公務員については教育委員会の許可を受けて講演会の講師やテレビの解説をすることは可能だった。だが、教育委員会内部にも私の活動を快く思わない輩がいたようだし、私自身も余暇にできる仕事量ではなくなってきた。また、公務員であることのしばりに窮屈さを感じるようになった。

自由に文筆や講演活動ができないことにくわえ、大ぴらに教育に対する発言ができなかった。現代の教育については、四半世紀の経験を踏まえて、言いたいことが山ほどあった。しかしながら、やはり現職の教育公務員であることで、そうした発言を飲み込まなくてはならなかったのだ。さらに言えば、九年も白鷗にいたので、さすがに三度目の卒業生を出したら他の学校へ異動しなくてはならない。そこで退職を決意したのである。

ところがちょうどその頃、白鷗高校の校長をしていて、その後、文教大学付属中学校・

高等学校の校長となった星野喜代美先生からお誘いを受けた。学校を進学校にしたいので、日本史の受験指導のため、また学校の宣伝のために来てほしいと言ってくださったのだ。

二十四年間、親方日の丸生活であったので、正直、独立してフリーになるということに不安も感じていたし、星野先生にはお世話になっていたのでお力になりたいという気持ちもあった。そこで星野先生のご勇退までという期限付で、文教にお世話になることにしたのである。

都立高校は忙しいと思っていたが、思った以上、私立も多忙であった。生徒募集のために頻繁に学校内外でイベントを開いたり参加したり、塾や小中学校を回って生徒募集をするなど。私は特別な待遇を許され、そうした仕事の多くを免除されたが、改めて私学の苦労がわかった。

こうして文教に三年間お世話になった後、完全にフリーとなり、二十七年間の教師の旅を終えたのである。

現役の高校教師時代。27年間、教壇に立ち続けた。

第三章

ルーツを探る旅

なぜ先祖の中に三人の僧侶が？

私が今ここにいるのは、これまで先祖たちが絶えることなく血脈を保持し続けてきたおかげだ。子供のときから盆と正月に河合家の本家に行き、曽祖父母や祖父母の肖像画を眺めるたびにそう考えてきた。

東京都町田市図師町《ずしまち》にある河合家が私の本家筋にあたる。お盆になると床の間に祭壇がつくられるが、そこには必ず二枚の掛け軸がかかっていた。掛け軸には先祖代々の戒名が記されている。

いまから三十年前、大学を卒業したての頃のこと。それをじっくりと眺めてみた。三十七名の先祖の名が刻まれていた。それがいつ、誰によって書かれたものかはよく判らない。歴史的な知識がない人が記したものなのだろう、没年順に並んでいない。いったい何を写したものなのであろうかと不思議にも思った。

ただ、そんな掛け軸であっても、過去帳のない河合家には先祖を知る上で貴重な史料なのだ。河合家は図師町にある長慶寺《ちょうけいじ》の檀家であるが、長慶寺が火事で焼けたとき、同寺の過去帳も焼失してしまったのだ。私は日本史の教師になったばかりだったこともあり、興味本位から掛け軸の戒名を年代順に並べ直してみた。

一六七三年没の白林浄雪信士――この人物が年代的には一番さかのぼる。時代でいえば、四代将軍徳川家綱の時期である。河合家はこの時期にこの土地に移ってきたのであろうか。それにしても、先祖が延宝元年から昭和まで三十七人とは、いかにも少なすぎる。当然、この掛け軸には多くの記入漏れがあるはず。実際、現存する河合家代々墓は一八基あるが、そのうち三基に刻まれている名が、この掛け軸に記載されていなかった。

奇妙なことに、掛け軸の中に三人の僧侶らしき戒名がある。捨薪沙彌、直至院妙達、一超禅心上座である。

捨薪沙彌と直至院妙達は、共に一七三九年に没している。一般的に言って、二人の身分には大きな差がある。「沙彌《しゃみ》」という名は、まだあまり修行を積んでいない僧に付けられるもの。反対に、「直至院《じきしいん》」という院号は、僧であれば寺の住職、武士であれば奉行や役付き人に付けられることが多い。一超禅心上座の「上座《じょうざ》」という戒名は、曹洞宗に見られる。意味は得度《とくど》した者、つまり僧侶につけられることが多いそうだ。

捨薪沙彌、直至院妙達が没したのが一七三九年、一超禅心上座が没したのは一七八五年。つまり五十年足らずのあいだに三人もの僧侶とおぼしき人物を河合家は輩出しているようなのだ。しかし、それ以前も以後も僧らしき戒名は見当たらない。

そこで三十年前に、私は強い興味を感じて先祖の調査を始めることにした。

三人の僧の墓石探しを始める

まずは、河合家の墓所に三人の墓石が存在するかどうかを確かめに出向いた。一超禅心上座の墓は確かにあった。ただ、その名が記された墓石には「悟岳桃見信女」という人物が併記されている。上座の妻ではないかと思われる。

江戸時代の僧侶は建前では肉食妻帯は禁じられていたが、一般的には広く黙認されていた。だから僧であってもおかしくないのだが、上座という戒名は、「信士《しんじ》」と「居士《こじ》」との間の位とする説もあるから、在家（俗人）である可能性も棄てきれない。河合家は江戸時代に組頭（村役人）をつとめており豪農だったので、生前、菩提寺への喜捨などによって

「上座」の戒名を得たのかもしれない。

捨薪沙彌と直至院妙達の墓石は、発見できなかった。ただ、存在しても不思議ではなかった。というのは、墓所で最も古い墓石は、一七四一年の就庭現成信士。この年は、捨薪沙彌と直至院妙達が没した年のわずか二年後なのだ。

掛け軸にも就庭現成信士の名は見え、それ以後、二十八名の先祖名があるが、二名を除いてすべての墓石が存在している。たった二年しか違わないのに、なぜ二人の僧侶の墓は存在しないのだろうか――。

そんなおり、伯父（故・河合義英）に河合家の屋敷の裏山に僧墓があることを聞いた。初耳であるが、「おそらくその墓こそが捨薪沙彌と直至院妙達のものに違いない」と思い、さっそく現地へ足を運んでみた。しかし、私の期待は見事に裏切られることになった。

山中には、五基の石塔が立っていた。一番右側には角塔《かくとう》、一番左側には五輪塔《ごりんとう》、そして、真ん中三つは卵塔《らんとう》であった。卵塔は江戸時代、僧の墓石として使用されていたので、すぐにこれらが僧侶の墓だとわかった。しかも五輪塔以外には文字が刻まれていた。

風化がひどくて判別に手間取ったが、半分ほどは何とか読み取ることができた。

角塔には宅翁西帰上座、宝暦四天（一七五一）九月五日（「宅」と「帰」の字は、自信がない）とあった。

また、三つの卵塔には、右から徳芳泰淳、□雲玄光（□は、判別不能の意）、慈間泰禅と名のみが刻まれている。五輪塔には何も刻まれておらず、文字が風化してしまったものと思われる。

いずれにせよ残念ながら、僧墓は捨薪沙彌と直至院妙達の墓ではなかったのである。それにしても、いったいこの四人の僧は何者なのであろうか——。

明らかになった僧墓の秘密

図師町にある本家の近くには、長慶寺《ちょうけいじ》、虚空蔵堂《こくうぞうどう》（無住。江戸時代には、住職がいた）、そして、寺屋敷と呼ばれる地名があり、ここに明治初年まで薬師堂養福寺《ようふくじ》があったとされている（『町田市史』より）。

私は長慶寺、虚空蔵堂、薬師堂養福寺と僧墓の関係を探ってみた。

ただ、虚空蔵堂の僧侶の墓である可能性はないといえる。というのは、山中の僧墓には慈間泰禅と記された人物がおり、日蓮宗の虚空蔵堂が「禅」という文字を使用するはずがないからだ。また、廃寺となった薬師堂養福寺も、『町田市史』によれば真言宗寺院とされているので、これも除外してよいだろう。

ただ『町田市史』では、寺屋敷が薬師堂養福寺跡であることを証明するため、寺屋敷のそばにある山中の僧墓を薬師堂養福寺の住職の墓地と断定してしまっているのだ。薬師堂養福寺を真言宗寺院とするならば、『町田市史』の記述は明らかに矛盾する。

さらに奇妙なことに、山中の僧墓がある一角だけは、長慶寺の土地であるという不思議な記述がみられた。さっそく伯父に事実を確かめてみると、確かに昔からそこだけは長慶寺の土地であるという。私は、混乱してしまった。

そこで今度は町田市の図書館へ出向き、郷土資料を用いて長慶寺の歴史と歴代住職を調べていった。長慶寺は、明応年間（一四九二〜一五〇〇）に小山田（町田市内）の大泉寺《だいせんじ》三世泰叟妙康によって開かれたと『長慶寺世代明記帳』にある。これは、長慶寺の二十四世である月江禅隆和尚が一八八二年に記録したものを、大泉寺三十九世の秀巌国定和尚が転記したものだ。ただ、もともと月江禅隆和尚がどんな史料から写筆したかは不明である。しかしながらこの明記帳が、長慶寺の歴代住職を知る唯一の史料である。なお、長慶寺の六世以後の住職は、図書館の史料では省略されてしまっている。

この史料を読み進めていくと、長慶寺六世はなんと、徳芳泰淳〈安永二年〈一七七三〉正月十日没〉とある。そう、山中の僧墓の卵塔の一つと、戒名が全く一致したのである。つまり僧墓の一つは、長慶寺の住職であったのである。ただ残り三名については、その名を『長慶寺世代明記帳』から見出すことはできなかった。

二つある住職の墓の謎とき

それにしても僧墓の場所は、長慶寺から直線距離で四、五百メートルは離れている。住職の墓は寺の境内にあるのが一般的であろう。なぜ、そんなに隔たった山の中に、六世徳芳泰淳の墓が存在するのであろうか。

この疑問を解くために、実際に長慶寺を訪ねてみた。そしてまず、境内に住職の墓があるかを確かめた。すると檀家の墓に混じって、確かに代々の住職の墓は存在していた。開山泰叟妙康の卵塔もあった。ただ断言はできないが、泰叟妙康の墓は室町時代の形式には思えない。おそらく、江戸時代になってから建立されたのだろう。

住職の墓は全部で約二十基ほど。いくつかは風化して文字が判別できない。開山があるのなら二世、三世の墓もあるはずだと思い、探してみた。あった。が、二世〜八世の卵塔には、大きく「二世」「三世」「四世」……と刻んであるだけで、名や年代は全く彫られていない。名や年代が刻まれるのは文化、文政など江戸後期になってからの卵塔である。

さらに、不思議なことに「当寺六世」と大きく刻まれた卵塔がそこに存在したのだ。つまり、六世徳芳泰淳の墓が二つあるということになるわけだ。いったいこれをどう解釈すればよいのだろうか。

あくまで私の推測だが、長慶寺は江戸時代の寛政・享和年間（一七八九〜一八〇四）頃に現在の場所に移って来たのではないかと考える。どこから来たかは言うまでもない。あの僧墓が立っている山のふもとである。この場所は、平坦地でかなりの広さがある。

長慶寺がその地を離れた理由だが、恐らく山崩れのためではなかったか。じつは現在でも、僧墓の立つ山は少しずつ崩れており、年々、平地を狭めている。この地域の山崩れは昔から多く、同じ図師町の円福寺なども明治時代に本堂を山崩れによって破壊されている。伯父の話によれば、山中にある僧墓も昔、山崩れによって転げ落ち、河合家で拾い集めて山中に立て直したという。ちなみに現在、その平坦地を掘ると、焼けぼっくいが出てくるそうだ。

山崩れのため寺が火災にあったのか、寺が燃えてしまったので山崩れの危険のあるここを離れたのか定かでないが、いずれにしても、この場所に長慶寺があったと私は推測する。だからこそ今でも、長慶寺の住職墓の一部が残っているのである。

では、なぜ本堂などの建物とともに、墓石も移転しなかったのか。

断定はできないが、現代でも墓地の移動は憚られるものがある。ましてや江戸時代の人々の信仰を考えると、そう簡単に墓地を移すことはしなかったのではないだろうか。寺から四、五百メートルの距離ならば、特別に支障をきたすことはあるまい。むしろ彼らは、墓地の移動によって祟りがあることを恐れたのかもしれない。

長慶寺境内の「二世」～「八世」の墓は、長慶寺が移動する際、墓地を移せないので仮に建立したものであろう。なぜなら「二世」～「六世」の墓は、全く同じ形式で年代的にも差異なく感じられるからだ。ただし「七世」「八世」は少し形式が異なる。開山の墓も同様に、新たに建立したものではないかと思う。

たぶん「開山」「二世」～「五世」「七世」「八世」の本当の墓は、六世徳芳泰淳の墓とともにあり、山崩れで埋まってしまったのだろう思われる。また、徳芳泰淳以外の三人の僧侶（宅翁西帰上座、□雲玄光、慈間泰禅）は、『長慶寺世代明記帳』から漏れた住職や六世以降の住職ではないかと思われる。以上が、三十年前に先祖を調べはじめて、たどりついた河合家の裏山の僧墓についての結論であった。

しかしそれから数カ月たったある日、私は驚くべきものを発見してしまった。河合家の僧の中の一人、直至院妙達の墓を偶然に見付けてしまったのである。

前述したようにこの近くには三つの仏教寺院が存在した。曹洞宗長慶寺、真言宗薬師堂養福寺、日蓮宗虚空蔵堂である。そのうち虚空蔵堂の境内端にある歴代住職の墓石を調べに行ったおり、住職の墓からわずか五メートルしか離れていない一段上がった場所に、別の墓石群があることに気付き、そこへ上がってみた。佐藤家代々之墓という石塔がある。

古そうな墓石も数多くあり、中には僧墓と思われる卵塔も存在したが、文字は風化していて判別できなかった。そのうえ他人の墓所なので、すぐ下りようと足を出したとき、「直至院」という文字が目に入ったのである。

「まさか！」と思い、その古い舟形の墓石を見ると紛れもなくそこに「直至院妙達」と刻まれている。なぜここに、妙達の墓があるのか。墓石には、名の他に「元文四□天六月十四□」と日付が記され、それが河合家の掛け軸にある直至院妙達の没年月日と完全に一致した。

そこで私はふたたび、この謎を解明するために調査を開始することにした。

埋もれていた歴史の扉が開く時

虚空蔵堂は、一六九六年、僧浄生によって創建されたと伝えられる。現在は無住であり、本町田の宏善寺《こうぜんじ》（東京都町田市）に属し、付近の十六軒の信者たちによって維持されているそうだ。けれども江戸時代には住職が常住していたと伝えられ、境内端に六基の僧墓が現存する。左端の二基は風化がひどく、文字の判別は不可能であったが、他の四基はほぼ読み取れた。

左から順に「□林院玄随・寛政十二年申年（一八〇〇）三月二十七日」、「微妙院玄道法師・天保四巳天（一八三三）□□月□九日、堂再是主本願人信州小諸町」、「妙法誓真妙操・文政三艮天（一八二〇）五月十六日」、「常修院自性・上総国長□郡本納町、明和七庚寅（一七七〇）三月五日」となっている。

虚空蔵堂の住職の墓は、誓真妙操以外はすべて院号を持ち、また、「妙」「真」などの文字が住職の名に使われていることから、「直至院妙達」は虚空蔵堂の住職ではないかという思いが頭をよぎるようになった。しかし、なぜ直至院妙達の墓石が佐藤家にあり、虚空蔵堂の住職の墓と別の場所に存在するのかという問題がどうしてもうまく説明できない。

私は、さっそく伯父を通じて佐藤家（喜市当主）に問い合わせてもらった。その結果、佐藤家では直至院妙達なる墓石が代々之墓の中に存在したかどうかも不確かで、二百五十年以上前なので、過去帳にも記載されていないとのことであった。

ただ遠い昔、河合家と佐藤家は姻戚関係にあったと伝えられ、直至院妙達の「妙」という文字が女性の戒名に多く付けられることから、河合家から佐藤家に嫁した女性ではないかとの回答をいただいた。

果たして、その通りなのであろうか。

江戸時代中期という幕藩体制が確立していた時期に、院号を授けられるのは役職付きの武士か寺院の住職ぐらいであった。河合家も佐藤家も江戸時代は農民であり、院号が許可されたとは考えられない。とくに直至院妙達が女性であったならばなおさらであろう。実際、虚空蔵堂の住職の墓のうち「妙」のつく僧が二名いるが、そのうち一人は「微妙院玄道法師」とあり、尼僧ではなく、男性であったと思われる。すべて、「妙」が付けば女性というわけではない。

直至院妙達が河合家から佐藤家に嫁した女性ならば、佐藤家の一員となるはずで、河合家の先祖代々の戒名が書かれた掛け軸にその名が記載されるのもおかしい。

やはり直至院妙達は、河合家から輩出した虚空蔵堂の住職であったに違いないと思う。

現在、虚空蔵堂に存在する歴代住職の墓石の中（文字の判別が可能なもの）で、最も古いのは、一七七〇年没の常修院自性の墓石である。一七三九年没の直至院妙達より三十年時代が下る。また、一六九六年に僧浄生によって虚空蔵堂が創建されて以来、常修院自性までの約七十年以上にわたる間の住職の墓が境内に存在しない。もちろん、風化して文字の判別不可能な墓石が常修院自性以前の住職である可能性が高いが、もっと多くの住職の墓石が存在するはずである。

ところが、佐藤家代々之墓中には、明らかに僧墓と思われる卵塔がある。この事実からいって、元来、虚空蔵堂の歴代住職の墓は、現在の佐藤家の墓所にあったという可能性が考えられる。佐藤家は今でも虚空蔵堂の信者で、虚空蔵堂と大変深い関係を持ち、そのことから、後にここが佐藤家の墓所となったのではないかと推定される。もしかすると、佐藤家は虚空蔵堂住職の子孫であるのかもしれない。そうであれは、佐藤家の墓所に直至院妙達の墓や卵塔が存在することも納得できよう。なぜなら、ここがもともと虚空蔵堂の墓所だったのだから。

二枚の掛け軸からここまで話が広がった。確かに、本当の真実は昔に戻らなければわからない。しかし、素直な気持ちで古びた掛け軸やこけむした卵塔に向かったとき、歴史の扉がほんの少しだけ開いて、真実の片鱗を覗かせてくれたような気がするのである。

現在の東京都町田市に存在する河合本家の墓所。
ここから先祖を探る旅が始まった。

第四章

歴史作家の旅

郷土史研究賞の優秀賞を受賞

本当にすばらしい経験であったが、日本史の教員として東京都に採用されたのに、最初に養護学校に配置されたことは、私にとって納得いくものではなかった。同期教員の大半はおそらく普通高校で楽しく歴史を教えているのに、なぜ自分は……。そんな欲求不満を私は歴史研究にぶつけるようになった。前項の河合家のルーツもこの時期に調べあげた。

養護学校の周囲は山や畑に囲まれていたが、よく生徒たちと散策に出かけるとき、小野《お の》路城跡《じ じょう》へ行った。雑木林だけでなく梅林が広がり、早春になると紅白の梅が花開き、かぐわしい香りを放つ幻想的な場所であったからだ。この山城は、鎌倉時代に一帯を支配していた小山田《おやまだ》有重《ありしげ》の次男重義《しげよし》が住処としていたとされる。本城の小山田城は東南二キロの地点にあることから、その支城の役割を果たしたと考えられてきた。

しかし、一部の研究者は、その形状から戦国時代の小田原北条氏の城ではないかという説をとなえていた。そこで私は、多摩地域の図書館や資料館をあちこちまわって文献や伝承を調べ、最終的に「小野路城は、北条氏康《うじやす》の次男で八王子城主の北条氏照《うじてる》の支城だった」と結論づけたのである。そして調べたことを論文にまとめ、新人物往来社が主催する郷土史研究賞に応募した。

思ってもみなかったが、その論文が第十七回郷土史研究賞優秀賞を受賞したのである。いま手元に、その論文の掲載誌『歴史研究　第三七一号』（一九九二年四月）があり、私はそれを眺めながらこの文章を書いている。

雑誌には、郷土史研究賞事務局長・鎗田清太郎氏の私の論文に対する講評が載っている。鎗田氏は角川書店の編集部次長をつとめ、日本現代詩人会会長をつとめた詩人でもある有名な方だった。

「優秀賞の河合敦氏は予想した以上にういういしい二十六歳の紅顔の美青年で、この人がこれほどしっかりした方法論をもって「小野路城」の実像に迫った研究者かと一驚した。青山学院大学史学科在学中から真摯な勉強に打ち込んだ方に違いないと思った。私は町田市在住者なのでパーティ後も帰りを共にしたが、非常に今後が期待される研究者と思う」

そんなふうにベタ褒めしてくれている。あれから四半世紀が過ぎたが、なつかしくそのときの様子が思い浮かぶ。とくに授賞式後のパーティーは盛大だった。歴史文学賞の授賞式も一緒だったので、作家たちも大勢集まっていた。演台で次々と挨拶する人は、みな私も知っている有名作家だった。美しい和服姿の女性を何人もはべらすような大家もいた。自分がこれまで見てきた教員の世界とは、まったく別の華やかな世界だった。

「作家になりたい」

そういう思いが自分のなかにわき上がってきた。

ちょうど時期を同じくして、歴史雑誌『歴史と旅』（秋田書店）の我が先祖を語るのコーナーに、私が調べた河合家の墓の謎が掲載された。担当してくれた星野昌三副編集長がたいそう私の文章を気に入ってくれて、なんと、雑誌に記事を書いてみないかと言ってくれたのである。私は、有頂天になった。

加来耕三氏との出会い

最初に注文をいただいたのが、榊原康政《さかきばらやすまさ》だった。

といっても、よほどの歴史通でないと、この人物は知らないだろう。家康に仕えた徳川四天王の一人である。最後は館林藩主だった。私は初めての依頼をもらってうれしくて、スゴい原稿を書いてやろうと意気込み、東京都町田市から群馬県館林市まで出かけ、康政の墓に詣で、さらに館林市の図書館で資料をあつめてひと月近くかけて四百字詰原稿用紙十枚を書き上げた。もちろん執筆にかかった費用は、原稿料をオーバーしてしまった。それでも当時は雑誌に文章を書けたことに感激し、採算など度外視だった。

書店に雑誌が並んだ日は開店と同時に駆け込み、その雑誌を手にとり、自分の書いた榊原康政の文章をみて一人でにやにやし、さらに誌面に印刷された自分の名前を指でそっとなでた。

原稿は編集部のお気に召したようで、それから二カ月にいっぺんぐらいの割合で、執筆の依頼がもらえるようになった。書いた文章は郵送すればよいのだが、私は秋田書店まで出向いた。すると必ず星野副編集長が受付まで来てくれて、近くのホテルメトロポリタンエドモンドのロビーで珈琲を飲みながら話を聞いてくれた。私は星野さんに作家へのあこがれを語り、書きたい人物や企画を熱く話した。星野さんは嫌がりもせず、素人の青年の話を熱心に聞いてくれた。そして、秋田書店のパーティーで星野さんは、加《か》来《く》耕三《こうぞう》氏を紹介してくれたのである。

私より七歳の年上の三十代半ばだったが、すでに加来さんは五十冊近い著書を出していた。とくにこの時期は年間、十冊近い本を出していたのではないかと思う。私が多作なのは、ひとつはこの人の影響によるものである。ものすごくエネルギッシュな人で話も楽しく、それを聞いていると、自分も大作家になれるのではないかと思わせてくれた。

知り合ってから二週間後、加来さんから電話があり、大勢の著者を集めて本をつくりたいのだが、参加する気があるかと尋ねられた。私は二つ返事で引き受けた。こうして一九九四年七月、実業之日本社から『ニッポン人の法則５００』が出た。ちょうどマーフィーの法則という本が大ヒットしており、その日本史版をつくったのである。

「日野富子　悪女は開き直るものである」、「平賀源内　早すぎる才能はその時代においては、珍しいだけである」、「榎本武揚　どんな失業者も、コネさえあれば再就職できる」

といったように、偉人の行動を面白おかしく教訓にしたものだ。

続いて加来さんから、よくテレビで「あの人は今」という企画をやっているが、それを日本史でやりたいと言われ、再び、多数のライターを集めて文章を書くことになった。このときには、他の著者の文章のチェックや連絡まで全部任せてもらえることなり、とにかく張り切ってつくった。すでに定時制高校に異動しており、昼間は時間が空いていたのだ。こうして翌年の一九九五年に講談社から『日本史人物「その後のはなし」』が出版された。上下巻で九百ページにおよぶ大作となった。

加来さんのすばらしいところは、名も無きライターであっても巻末に名前を載せてくれることである。『ニッポン人の法則５００』や『日本史人物「その後のはなし」』でも、著者の一人として私の名前が明記された。とくに後者は売れ行きが良く何度も増刷した。ちなみにこの著者たちのなかからは、のちに大河ドラマの時代考証や児童小説家として名をなす人びとが何人も出ることになる。

偉人から学んだ「諦めない」

いずれにせよ、この仕事を評価してもらえ、ついに加来さんから共著の話が来た。二見書房で徳川将軍について、二人で本を出そうというのだ。こうして同じく一九九五年、二見書房から『徳川将軍家おもしろ意外史　家康・家光・吉宗etc.99の謎』という本が出版された。はじめて私の名が本の背表紙に加来さんと並び、全国の書店で売り出されたのである。

まさに感無量であった。しかも売れ行きもよく、増刷したという。

私は、「これですぐに自分の本が出せる」と考えてしまった。そして加来さんが出版社に行く際に同行させてもらい、自分の書いた企画書を編集者に渡して売り込んだ。だが、編集者たちは加来さんの手前、私の話は聞いてくれるものの、真剣ではないことはすぐにわかった。加来さんから紹介してもらって一人で出版社に行ったこともある。結果は同じだった。

しかし、私は諦めなかった。諦めない限り、必ず夢は実現することを偉人たちから学んで知っていたからだ。

たとえば坂本龍馬、彼は薩長同盟を仲介したことでよく知られている。薩摩と長州に軍事同盟を結ばせ、幕府に対抗する勢力にしようという考え方は、龍馬がはじめて思いついたものではない。それまで何人もが考え、実際に仲介に動いた人もいた。しかし、薩長両藩の仲の悪さに断念せざるを得なかった。じつは両藩は、禁門の変でわずか一年前に戦い、殺しあった間柄なのである。そんな者同士が手を握れるはずがないだろう。

しかし龍馬は、薩摩も長州も外国の艦隊と戦って敗北を喫し、攘夷（外国人を国内から追い払うこと）が不可能であることを悟り、近代国家の必要性を認識している。ゆえに、手を握ることは可能だ、そう信じたのである。そして、何度拒否されようとも、粘り強く説得を繰り返し、ついに薩長同盟を実現させたのだ。普通の人は、ここまでしつこくやらない。

人はよく失敗したという言葉を簡単に使うが、本当は成功する前に諦めてしまったから、成功しなかっただけなのだ。私は龍馬をはじめとする偉人たちから「諦めない」ということを学び、いくら断られても、作家の道を断念しようという気持ちはもたなかった。

人生を変えた『早わかり日本史』の刊行

それから二年の月日が流れた。初めて歴史雑誌に自分の文章が掲載されてから六年もの月日が経っていた。しかし、断念しなかったお陰で、ついに日本実業出版社から『早わかり日本史』という本を一九九七年十二月に単著で出版することができたのである。

当初は、加来耕三監修・河合敦著で出版する予定だった。だが、さまざまな経緯があり、加来さんから「単著で出せばいい」と言ってもらい、はからずも自分の本として出版することになった。しかも『早わかり日本史』は、紀伊國屋書店でベストテンに入るなど、爆発的な売り上げを見せた。その後、大型判やカラー版の『早わかり日本史』も出版され、その累計は五十万部はくだらないと思うし、いまでも年に一、二回は増刷している。驚くべきロングセラー本なのだ。

いずれにしても、この本が出版されたことで環境が一変した。

出版社からの注文が殺到するようになったのである。それまで私に見向きもしなかった編集者も、自ら連絡をよこすようなり、私に対する呼び方も「河合君」から「河合先生」へと変わった。これほど売れる作家というのは、もてはやされるものなのかと正直言って驚いた。

以後二十年、私は依頼があれば断らず、すべての仕事を引き受けている。本が出せないで苦しんだ六年間が仕事に対する意欲の原動力になっているのだ。

現在は著者は二百冊近くに達し、十万部近く売れた本も『目からウロコの日本史』（PHP研究所）、『岩崎弥太郎の三菱四代』（幻冬舎）、『いっきに！　同時に！　世界史もわかる日本史』（実業之日本社）など何冊もある。現在も『日本史は逆から学べ！』（光文社）が十刷になるなど好調である。

もし私が、二、三年で作家への道を断念していたら、今の人生はなかったのだ。そういった意味でも、人は偉人や歴史に学ぶべきだと思う。

さらに、歴史作家になったことで、私の人生は大きく変わった。

二〇〇四年十一月、日本テレビの関係者から電話があった。出版社から私の電話番号を聞いたという。スタッフは「最近、『世界一受けたい授業』という番組がスタートしたのですが、歴史の授業をやりたいと思っています。ぜひ何か歴史の面白い話を聞かせてもらえませんか」と頼んできた。御存知のとおり、この番組は土曜日夜八時のゴールデン番組だ。いまも人気番組として続いている。

ただ、それ以前から同じような依頼はあり、何度か歴史の面白ネタを提供してきたので、私は了承してスタッフにいろいろな歴史話を紹介してあげた。

するとしばらくして私に出演してほしいというではないか！

歴史作家ではあったが、当時はまだ都立高校の一教員。バラエティー番組に出ることを教育委員会は認めないだろうし、そもそも堺正章さんやくりぃむしちゅーなど、芸能人を前に授業なんて出来るわけがないだろう。そう思って即座に依頼を断った。ところが、である。スタッフが折れなかったのである。私はそれからもしばらくごねたが、最終的に出演を決意したのだった。

授業の内容は、いろいろな偉人の面白い逸話に決まり、初めてのテレビ出演ということもあり、何度も打ち合わせを行った。

あるとき、打ち合わせの後に担当ディレクターと談笑しているとき、私が「最近は教科書の内容もかなり変わり、有名な源頼朝像も別人の可能性が高いとして、教科書から消えていっているんですよ」と語った。するとディレクターが驚き、「河合先生、ぜひその話をテレビでやりましょうよ」と言い、急遽、「あなたが学んだ歴史はもう古い」と題して「聖徳太子や源頼朝、足利尊氏」の肖像は本人ではない。鎌倉幕府の成立はイイクニではないと話したところ、大反響となり、以後、テレビに呼ばれてたびたび話すようになった。

人生というのはわからない。まさに万事塞翁が馬である。不本意なかたちで希望の高校に行けなかったことが、私を歴史作家にし、さらに歴史解説者としてテレビやラジオで活躍させることになったのである。

ただ、一つ言えることは、私はどんな境遇においても、決して手を抜かなかった。不本意であっても、与えられた職務や役割には全力で取り組んだ。その結果が、今につながっていると考えている。これは幸運なのではなく、私自身の努力の結果なのである。そして、それが成功への道であることを私に教えてくれたのは、歴史上の偉人たちであった。

「世界一受けたい授業」にさまざまなコスプレで出演した。
ちなみにこれは土方歳三。

第五章

歴史研究の旅

日露戦争の兵士の手紙

私は、一九八五年に青山学院大学文学部史学科へ入学した。青学を選んだのは、前述のように、とてもオシャレで人気があり、可愛い女の子も沢山いるという噂が高かったうえ、青学生は女の子にモテると聞いたからだ。当時、学園闘争などは過去の話で、まだ三割強しか大学へ行かない時代だったが、すでに大学はレジャーランド化していると批判を受けていた。

そんな浮ついた気持ちで選んだ大学なので、入学してはじめて、坂本龍馬を研究しようと入ってみたものの、史学科に幕末史の研究者がいないことを知った。仕方ないので、明治期を研究している故・沼田哲先生のゼミに入った。歴史研究は非常に面白かったが、教師になるという夢があったので、四年生のときは受験勉強に没頭した。沼田先生からは、もし教員採用試験に落ちたら大学院へ来ればよいと勧めてもらっていた。

が、四十倍近い倍率をくぐり抜け、奇跡的に東京都の日本史の教員になることができた。しかし日本史を教えることはできず、欲求不満から小野路城の研究に没頭したことはすでに述べたとおりだ。

城の研究を進めるため、地域の資料を集めていたところ、「うちのじいさんが郷土史家で、古い資料がたくさんある。見に来ないか」と誘ってくれたのが、中学生のとき通っていた塾の天野節先生だった。古い資料というのは、天野先生の祖父・佐一郎のものであった。もともと忠生村（東京都町田市の一部）の小学校の校長で、のちに八王子へ住処を移し、都立高校で書道の教師をしていたが、戦後、忠生村に戻って村長となった。晩年は漢詩文をよくし、さらに郷土史の研究者として本を出すほどになった。

私は天野先生のお宅を訪れた。裏庭に崩れそうになっているプレハブがあり、屋根に穴が開いている。屋内には大量の本や紙資料があったが、雨漏りのために多くがボロボロになってしまっていた。軽トラック一台分ぐらいの量はあったと思う。その史料や手紙などを見ていると、中に河合磯吉という名があった。磯吉は私の祖父の弟。つまり大叔父にあたる。神奈川県師範学校を出て、横浜で校長先生をしていた人だ。私が物心ついたときには亡くなっていたので記憶にはないが、立派な校長先生だったと口をそろえて親族が言っていた。そんな磯吉と天野佐一郎が師弟関係にあったのである。何とも不思議な縁を感じた。結局、この大量の史料を天野先生から譲り受けることになり、友人に手伝ってもらって実家に運び、時間をみて整理するようになった。そのうち、日露戦争の兵士の手紙が多くあることに気づいた。佐一郎は地元の青年会の会長でもあり、兵士として出征する仲間に対し、積極的に支援活動をしていたのだ。

私はぜひこれを研究してみたいと思うようになった。ちょうど小野路城の論文で賞をとり、歴史研究者への道を夢見始めていたからだ。

早稲田大学大学院へ入学

そんなことで仕事の合間には、町田市の日露戦争関係の資料を集め、実家の物置に籠もって面白そうな日露戦争関係の手紙を読み始めた。といっても、当時の文字はくずし字なので、辞書を片手に眺めていても半分すら読むことができない。そんなことで途方に暮れ、一時、研究はストップしてしまった。ところが、たまたま青学の沼田哲先生とお会いする機会があり、この話をしたところ、ゼミで手紙を翻刻《ほんこく》（翻訳）してくれるというではないか。すでに私も定時制高校に異動しており、ゼミのある月曜日午前中は空いていた。そこでお言葉に甘えてゼミに出席させてもらうことになった。こうして四年間、私は沼田ゼミに通って歴史学を学び、ゼミ生とともに史料を翻刻した。

残念ながらその後、普通高校に異動となったが、細々ながらも日露戦争の研究を続け、ぜひこれを論文としてまとめたいと考えるようになった。東京都には一年間、教員を大学院に派遣し、修士号と教員の専修免許をとらせてくれる研修制度がある。私はこれを利用して歴史研究がしたいと願うようになった。でも、私が抜けてしまうと、授業は講師でまかなえるが、校務分掌（担任、教務・生活指導・総務部など）は欠員になり、補充されない。つまり他の教員に迷惑をかけてしまうのだ。そこで時期を待った。

それから数年後、教育課程の変更により地理歴史科の教員が一人過員となった。過員とは人員過剰のことで、異動の対象者となる。そこで私は自ら志願して過員にしてもらい、大学院に派遣してもらえることになったのである。こうして早稲田大学大学院（教育学研究科社会科教育専攻）の修士課程に入学した。そして、懸案であった日露戦争について論文にまとめたのである。

慰問状を頼りに村の実態を探る

論文では、日露戦争時に農村がどういった銃後（支援）活動を展開したかを考察するとともに、そうした活動が戦争で果たした役割と意義について明らかにすることを目的とした。具体的には、東京府南多摩郡忠生村《ただおむら》（現・東京都町田市）の銃後活動の実態を解明するかたちで論を進めていった。

論文で研究対象とした忠生村は、一八八九年に上小山田村、下小山田村、木曽村、図師村、山崎村、根岸村の六カ村が合併して成立した行政村だ。

忠生村の実態を明らかにするため主に用いた史料は、「天野家関係文書」、「高梨理由家文書」、「佐藤正家文書」、「東京府公文書」（東京都公文書館蔵）、『東京都教育雑誌』（東京府教育会発行）などであった。とくにその中心になったのが、先に紹介した天野佐一郎が所有していた書籍や書簡などを含む「天野家関係文書」であった。

佐一郎は忠生村図師区の地方名望家（豪農）福次郎の長男として一八七六年に生まれ、一九〇二年九月、忠生村立向明尋常小学校の本科正教員兼同校長に就任した。以後、一九一二年に向明小学校が忠生尋常高等小学校に統合されるまで、佐一郎は校長の地位にあって郷土の子弟教育を担った。「天野家関係文書」には日露戦争の出征兵士の軍事郵便が多数含まれるとともに、佐一郎が生徒に書かせた慰問状（下書き）なども残り、小学校校長がおこなった銃後活動の実態がよくわかる。

さらに「高梨理由家文書」（町田市立自由民権史料館蔵）がとても役に立った。忠生村山崎区の地方名望家高梨家の文書群だ。文書のなかに一九〇四年、一九〇五年の文書録（帳面）が存在する。同家が一年間に差し出した手紙を書写したものだが、忠生村の出征兵士に宛てた慰問状も控えとして多数残っている。その数は、山崎区を中心に兵士十七人、合計百通以上に及ぶ。兵士へ宛てた名望家の慰問状が、これほど多数残っているケースは極めて稀であり、慰問状の文中には村の様子も描かれており、村の実態や銃後活動を知るうえで貴重な史料といえた。

自由民権資料館に史料調査に行ったとき、たまたまその手紙の下書群を見つけたのだ。資料館の方では手紙の下書きだとは認知していたが、これほど多く兵士にあてた手紙が含まれているとは認識していなかった。つまり、私が発掘した新史料だった。

「天野家関連文書」をもとに考察

私はまず、村民が出征兵士やその留守家族におこなった銃後活動の実際を調べた。その際、忠生村の兵士たちが、どのような思いで戦地へ赴いたのか、また、戦争というものにいかなる意識を抱いていたのかということに関しても、「天野家関係文書」の軍事郵便から拾っていった。

さらに忠生村の向明尋常小学校を中心に、小学校長や小学生が銃後活動で果たした役割について解き明かそうと考えた。なかでも、小学校長と青年会の関係に着目し、天野佐一郎が創設した忠生青年会の銃後活動や、日露戦争時に青年会の果たした役割を調査した。すると、青年会の銃後活動を研究するなかで、行政村と区（旧村）との軋轢が大きく関係していることを知り、これに関しても詳しく調べていった。最後に東京府教育会が熱心に取り組んだ出征兵士への慰問帖送付活動の実態を解明するとともに、慰問状を受け取った兵士の気持ちを細かく分析することにした。

じつは東京府教育会では日露戦争がはじまると、府下の各小学校から広く慰問帖を募り、これをまとめて戦地の陸海軍へ送付する活動を積極的に推進した。面白い活動だ。そこで論文では、『東京教育雑誌』に掲載された慰問帖に対する出征兵士の返信や「天野家関係文書」に残る慰問状（下書き）を分析し、兵士と小学校長と生徒の戦争に対する認識や思想を明らかにしようと考えたのだ。

具体的にいえば、慰問帖送付活動を展開した東京府教育会の成立経緯と「名士の団体」という性格を明らかにし、そのうえで慰問帖の募集からそれが兵士の手元に届くまでの経緯、慰問状（下書き）の内容分析をしていった。この作業をおこなうにあたり、二つの問題意識をもって取り組んだ。

一つは、研究者の中島三千男氏が主張するように、郷土からの兵士に対する通信は、集団脅迫状の役割を持っていたか否かという問題である。天野家の慰問状を精査した結果、教師の指導が入ったステレオタイプの文章が大半であったものの、中島氏が主張するような、児童たちの慰問状が「出征兵士たちに、死を賭して天皇や国家への奮闘を強要する、いわば『集団脅迫状』としての役割を果たした」という結論には至らず、むしろ反対の結果が導き出されたのである。

これからも続く歴史研究の旅

一年後、大学院での研修が終わると、都立白鷗高校へ異動になった。職場環境が大きく変化した中で、論文をまとめるのは骨が折れたが、その翌年の一月に論文を提出してどうにか修士号をとった。

ただ、歴史研究に対する気持ちはさらに高まり、できれば博士課程に進みたいと思うようになった。修士は社会人枠で入学したため、同じ枠で博士課程に進むには、それから三年間、また社会人として勤務しなければならないという規定があった。そこで私は思いきって一般枠で受験することにしたのだ。受験科目は専門教養、修士論文の審査、そして外国語二つであった。ネックだったのは二カ国目の外国語だ。だが、よくよく調べてみると、日本のくずし字も外国語としてあつかってくれるというではないか。そこで思い切って受験したところ、運よく博士課程に合格することができた。

残念ながら高校の勤務にくわえ、作家活動があり、なかなか博士論文の執筆ははかどらず、さらに博士在籍中に早稲田大学の教員（非常勤講師）になってしまった。学生と教員は同時にできないという規定から、大学院のほうは退学することになった。在学中に博士号はとれなかったが、いつか必ず博士論文は書き上げたいと思っている。

いずれにせよ、青学のゼミ時代を含めて、二十年近くにわたってしっかりと最新の歴史学を大学院で学んできたことが、そのまま私の著書に活かされていると思う。もし大学院に行っていなかったら、史実というものをおろそかにし、二次史料なども適当に使い、つまらない歴史ノンフィクション作家になりはてたのではないかと思っている。

ちなみに今も、日露戦争の研究から派生して、在郷軍人の研究、地方改良運動における小学校統合問題など、時間を見ながらコツコツと歴史研究は続けている次第である。

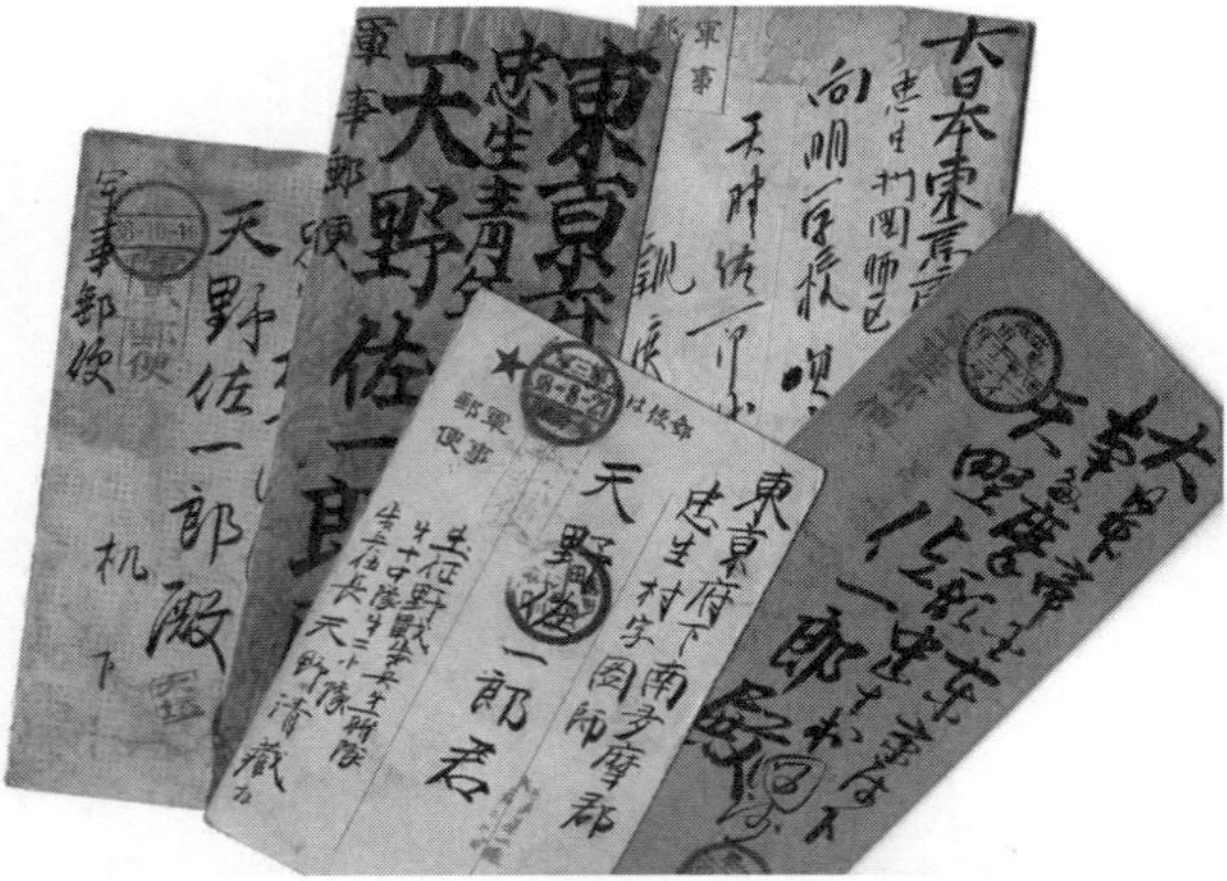

天野佐一郎にあてて出された日露戦争へ出兵した兵士たちの軍事郵便。

第六章

ハワイの旅

ハワイにハマるきっかけは日系移民

二十五年前に初めてハワイを訪れてから、おそらく四十回以上は、この諸島を訪れたことだろう。そもそものきっかけは新婚旅行であった。イタリアを周遊する予定だったが、十二月のはじめという時期が悪かったのか、最少携行人数に達せず、行き先の変更を余儀なくされた。考える時間もあまりなかったので、当時定番だったハワイに変えた。

ハワイといえば世界でもっとも観光が整備された島で、豊かな自然を活用したアクティビティが整い、伝統的なフラダンスやハワイアンキルトづくりなどが体験でき、大型のショッピングセンターや専門店などでブランド品が安く購入できるというイメージがあった。

けれどその思い込みは、完全に誤りだった。

最初に滞在したのが、オアフ島のワイキキではなくマウイ島だったこともあり、自分の抱いていた観光地としての月並みなイメージが崩れ、そしてそれが、私がハワイにハマるきっかけとなった。

多いときは、年に三回も出かけていた時期もある。一番多く訪れたのはやはりオアフ島だが、マウイ島やハワイ島へも何度も足を運んだ。レンタカーを借りて、ぷらぷらしていると、必ずといってよいほど、現地のお年寄りにカタコトの日本語で声をかけられた。

最初は、彼らが日本から移住してきた移民の子孫（日系人）だということを知らなかった。歴史の教師であるくせに、ハワイの歴史にはそれほど無頓着だったのだ。だが、よくよく各島を散策してみると、あちこちに日本人の墓地や寺院、さらには神社などがあり、日本の文化が今も息づいていることがわかった。あるときなど、知り合った日系の方から盆踊りに誘っていただいたこともある。

なぜこれほど多くの日本人がハワイに住んでいるのか、いつから移住が始まったのか——いつしか私は、日系移民の歴史に興味をもって、ハワイを訪れるたびに彼らのことを調べるようになった。

明治元年に初のハワイ移民

日本人がハワイへ移民するきっかけをつくったのは、ハワイ王国のカラカウア王である。カラカウアは一八八一年、世界一周の旅に出た。途中、日本に立ち寄ったとき、手厚い歓迎に大いに感激し、ある夜、お忍びで明治天皇に面会を求めた。天皇はこころよく会談に応じたが、このときカラカウア王はなんと、自分の世話をしてくれていた山階宮定麿《やましなのみやさだまろ》親王を「王位を継ぐ姪のカイウラニの婿にして、両国の結びつきを強化したい」と申し入れたのである。さらに日本人の勤勉さを高く評価し、プランテーションの労働力として移民の派遣を願った。

これを知った明治政府は、山階宮の婿入りについては丁重にお断りしたが、人口過多であったこともあり、ハワイへの移民は喜んで受け入れた。

じつはこれより前の明治元年（一八六八）、日本はハワイへ移民を派遣していた。江戸幕府が同年、在日ハワイ領事ヴァン・リードと契約を結んだのである。事実を知った新政府は移民を認めようとしなかったが、ヴァンはその意向を無視して百五十三名の日本人をハワイへ送ってしまったのだ。彼らを俗に元年者と呼ぶ。その労働条件は、一カ月の賃金が四ドル（食事付き）で三年契約というものであった。だが、移民は「奴隷」と同じだと考えた新政府は、翌年、彼らの引き渡しをハワイ王国に要求し、以後、移民を禁止してきた。

しかし今回、たってのカラカウア王の要望に応じ、日本政府は「男は月給九ドルのほか食費六ドル、住居付きで医療費は無料。女子は一月六ドルで食費四ドル。一月に二十六日の実働で、労働時間は一日十時間」という条件でハワイ政府と移民契約を結んだ。これは当時の庶民の平均賃金のおよそ九十倍にあたったので、政府が六百名の移民を募集したところ、なんと二万八千人が応募してきたという。

周知のようにハワイ諸島は、大陸から遠く離れた場所にある。だから人間が来住したのも遅く、三世紀にマルキーズ諸島からポリネシア系の住民がやって来たのが最初だといい、さらに十世紀頃、ソシエテ諸島から新たなポリネシア系の住民が定住したらしい。

一七七八年、そんなハワイ諸島に白人として初めてジェームズ・クック一行が来航。これ以降、白人がハワイを訪れるようになるが、カメハメハは彼らの力を利用して一七九五年、ハワイ諸島を平定して統一王朝を創立した。

だが、一八二〇年にアメリカのボストンから宣教師たちが来航すると、彼らがハワイ王国の教育・経済・政治全般に力を持つようになり、一八二五年、キリスト教がハワイの国教となった。この時期のハワイでは、アメリカ人やイギリス人による捕鯨業が全盛を迎え、日本近海にもハワイを基地とする捕鯨船が姿を現すようになり、漂流した日本の漁師や船員が捕鯨船に救われることもたびたびだった。有名なジョン万次郎（中浜万次郎）もその一人である。

『蕃談《ばんだん》』（室賀信夫・矢守一彦訳　東洋文庫）は、十九世紀前半に漂流した次郎吉らの証言を学者の古賀《こが》謹一郎《きんいちろう》が聞き取ってまとめたものだが、そこには彼らのハワイでの体験が詳細に語られているので紹介しよう。

漂流民次郎吉の物語

次郎吉ら長者丸の船員たちは、アメリカの捕鯨船であるゼンロッパ号に救助されたあと、ハワイ島のヒロに入港した。次郎吉らが上陸すると「漂民一人のまわりにそれぞれ十数人ずつの島民が集まってきて、大声で泣き悲しんでくれる。これは多分漂民のあわれな身の上に同情しているのだろう」と考えた。そこで「漂流中のくわしい様子を島民たちに話してきかせた」ところ、「彼らはいよいよ涙を流し、たち去りがたい様子であった」（『蕃談』）という。そんなことで次郎吉たちはハワイ人に好印象をもった。

上陸した次郎吉は、船頭の平四郎や金蔵と一緒に華僑（中国人商人）の屋敷に滞在することになった。初めての夜、その家の主人が現地のハワイ人女性を連れてきて、「その気はないか」とすすめた。けれど次郎吉たちは「心配つづきでとても色気どころじゃない」（『前掲書』）と断った。

その後、ゼンロッパ号の水夫たちに誘われて興味本位で遊郭に行ったとき、水夫が次郎吉たちにも女性を勧めてきたけれど「顔は真っ黒で歯の欠けた島の女をまのあたりに見るのははじめてなので、はなはだ気色わるく、何とかことわってお先に失礼し」（『前掲書』）たという。数年後、漂流した中浜万次郎一行がハワイに来るが、彼らのうち数名はハワイ人女性と結婚しているから、単に次郎吉の趣味の問題だったかもしれない。

ハワイは当時、サンドイッチ諸島といい、略してサンイチと呼んだが、次郎吉は「サンイチの男子は全身に余すところなく入れ墨を施しているが、女子はただ手の甲に斜線を交差させた紋様を入れているだけである。しかし服装はイギリス風にならって、みな立派で美しい。ところが山のなかでは、彼らは男女とも素裸で、一片の布きれもつけずに耕作しているのを見かける」（『前掲書』）とその風俗を記録している。女性の髪の結い方も日本の都会風の丸髷に似ていると記し、鼈甲の櫛や耳飾り、伝統的な服装も詳細に記述している。食物に関しては、タロイモをすりつぶしてつくる「ポイ」は酸っぱくて閉口すると紹介している。

ハワイ島上陸から三日目、ゼンロッパ号のケフカル船長が日本への帰国方法を相談するため、次郎吉のところにやってきた。するとこれを知った屋敷の主が「彼らを帰国させる意思はない」とケフカルに言い放ったのだ。この男は、次郎吉たちを労働者としてこき使うつもりだったのである。驚いた船長は次郎吉たちに密かに事実を告げ、夜、こっそり屋敷から脱出させてゼンロッパ号に乗せた。

これに気づいた屋敷の主は、手下のハワイ人に命じてカヌーで船を追いかけさせた。ハワイ人たちは口々に「日本人を置いていけ」（『前掲書』）と叫んだが、船長が銃をとって発砲しようとしたので、ようやく引き下がった。ヒロに上陸したとき、次郎吉たちの境遇に泣いたのは、引き留めるための島民たちの演技だったのだ。

次郎吉らはオアフ島のホノルルに行き、カオカ牧師のもとで世話になった。ここでは他の四人の仲間たちとも再会できた。十月に船頭の平四郎が死去してしまったため、次郎吉は四人が世話になっている中国人商人のパペーヨ方へ移り、その後はマウイ島のラハイナに行き、サトウキビ工場や農園で働いたという。結局、体よくプランテーションの労働者にされてしまったわけだ。

しかしのちに次郎吉たちはその境遇から抜け出し、イギリス船でカムチャッカへ渡り、ロシアで生活したのち日本に帰国した。全く知られていないが、すでに江戸時代の漂流民たちは、サトウキビ農園で労働していたのである。

殺到する移民への応募

ともあれ、それから半世紀後に、明治政府はハワイ政府と正式な移民契約を結んだわけだが、契約が満了した第一回の移民たちが帰国してきた。

「第一回官約移民の中で久賀（山口県）の出身者は全部で三十四名、うち十八名が総計二千三百六十五円を所持して帰国した。（略）三名が家を購入するか新築した。八名は土地を買った。二名は貯蓄した。二名は未払いの借金を返済した。これらの第一回官約移民帰国者が地元の人びとにどれほど大きな感銘を与えたかは想像がつく。帰国者の生活の向上がだれの目にも分かった。かれらは、海外で働けば手にしうる経済的恩恵の生きた証であった」（Y・イチオカ著『一世』刀水書房）

このように、帰国したハワイからの移民は借金をみごとに返済したのみならず、新たに土地や屋敷まで買ったので、以後、ますます移民への応募が殺到するようになった。この両国の提携による移民制度を官約移民と呼び、一八八五年から一八九四年まで続き、約三万人の日本人がこの制度でハワイに渡った。

しかし、そもそも彼らはハワイに定住するつもりはなかった。目的はあくまで出稼ぎであって、大金を手に入れて故郷に錦を飾ろうとしたのだ。けれどハワイでの労働はとても過酷だった。炎天下で十時間の重労働を強いられるのがあたり前で、物価も高くて生活も楽ではない。だから契約満了前に逃亡する者が少なくなかった。それでも日本の貧しい農民たちは、官約移民制度が廃止されたあとも、お金を得るために民間の移民会社と契約を結んでハワイへ渡っていった。

ハワイ王朝からハワイ共和国へ

一八九三年、白人によるクーデターによってリリウオカラニ王女は幽閉され、ハワイ王朝は終焉を迎え、翌年、ハワイ共和国が樹立され、白人のドールが大統領となった。ドールはハワイ諸島をアメリカ領にしようと動き、かくして一八九八年、アメリカ大統領のウィリアム・マッキンリーは正式にハワイを国土に併合したのである。ここにハワイは独立国家としての歴史に幕を閉じた。

これを機に、ハワイの日本人会では「米化心得書」をつくり、日本人移民がアメリカ人になれるように努力した。心得書には「スープの音をたてて飲まないこと。下着で外出せず、ネクタイをつけること。爪楊枝を人前で使用しないこと」といった禁止事項が細かく記されている。

だが日本人移民には、アメリカの市民権は付与されなかった。だから相変わらず日本人移民には、畑作業や工場の単純作業ぐらいしか仕事がなく、しかも白人よりずっと給料が安かった。このため、ハワイより待遇の良いアメリカ本土へ移住する人々が続出した。こうしてカリフォルニア州などで日本人移民が急増すると、白人社会との文化的な摩擦がおこった。

「日本人は職業上の価値を無視して長時間低賃金で働き、白人労働者を圧迫する。即ち、日本人は一日十五時間以上も働き、日曜日も休もうとしない。（略）日本人は…（略）…、白人が学校や教会を建て、社交を重んじ、幸福な家庭を作る為に努力している間に働く一方だから、白人が日本人と競争できるはずがない。日本人は他人の事は一切構わず、自己の利益ばかりを追う。そして金を儲け、故国に送金したり持ち帰ったりして、アメリカの経済に貢献すること皆無である。日本人は愛国心が強く、…（略）…それ故、日本人の政治道徳はアメリカ人とは一致せず同化の素質を欠く。日本人はアメリカ社会の中の異分子として密集し、彼等だけの一区画を作り、自国の風俗習慣を決して改めない。」（足立聿宏著『ハワイ日系人史』葦の葉出版会）

このような日米の文化摩擦が問題化したので、一九〇八年、日米紳士協定が結ばれた。アメリカ政府の要請で、日本政府はハワイ向けの旅券ではアメリカ本土へ渡航できない仕組みに改変したのである。こうして原則、日本人はアメリカ本土へ移民として渡航できなくなった。ただし、抜け道があった。日本人移民の親族であれば、入国できるのである。そのため日本人移民のうちアメリカへの定住を希望する者は、故郷に自分の写真を送り、妻を募集した。

応募した女性は、本人に会う前に日本で入籍手続きを終え、親族になってハワイへ旅立った。そして現地ではじめて夫に対面した。これを写真花嫁と呼ぶ。現在では到底理解できないが、親が結婚を決めていた当時にあっては別に珍しいことではなかった。だが、配偶者欲しさに二十年前の写真を送りつけたり、別人のイケメン写真を送る移民も多く、初対面でショックをうけて他の男と駆け落ちする写真花嫁も続出したそうだ。

日本人差別と日系人強制収容

日本人移民が急増すると、アメリカ本土では日本人差別が起こった。一九一三年、特にカリフォルニア州では日本人移民の土地所有を禁じる排日土地法案が州議会を通過した。そしてついに一九二四年、アメリカ合衆国は新移民法を制定する。

これは、日本人移民の完全禁止を意図した内容で、日本では排日移民法と呼ばれた。下院議員アルバート・ジョンソンが「帰化不可能な外国人は、移民として入国させるべきではない」と同法案を提案したのだ。

けれどクーリッジ大統領は日本との関係が悪化することを嫌い、半年の猶予を求めた。下院はこれを否決したが、いっぽう上院は大統領の提案に賛成していた。ところが埴原正直駐米大使が「この法案が成立したら、日米間に重大な結果をもたらすだろう」と発言をしたため、上院議員の顰蹙《ひんしゅく》をかい、結局、この法案は両院で可決されてしまった。これにより、日米関係は悪化する。

でも、それはあくまでアメリカ本土の話であって、ハワイではかなり事情が異なった。なぜならハワイ人口のうち四割が日本人移民とその子孫（日系人）であり、多数派を占める日系人は経済的な力も持つようになっていたからだ。ところが、そんなハワイの日系社会に大打撃を与える事件が発生する。一九四一年十二月七日（ハワイ時間）の日本軍による真珠湾奇襲攻撃である。

これを知ったときの、日系二世の感想を紹介しよう。

「人々の一群を避けて通ろうとしたとき、日本人の年寄りが私の自転車のハンドルを押さえた。「（真珠湾を攻撃したのは）だれのしわざだ？」と、老人は私に向かって大声をあげた。「ドイツ人か？　ドイツ人に決まっているよ！」私は何も言えずに首を横に振って、それから彼をふり放した。老人が、また恐怖におののく人たちがみな哀れで、目に涙があふれた。あんなに一生懸命に働いていた人たちなのに。それがこの運命の数分間で、すっかりめちゃくちゃになってしまったのだ。しかも行く手には大変な苦しみが待っているのだ。ペダルを踏み続けるうちに私はやっと、その苦しみに私も直面しなければならないのだということに気づいた。私の顔かたちはさっきの老人と同じなのだ。私の世代は、あの爆撃機を作って送り出しハワイに死の弾雨を降らせた国から、わずか一代隔たっているだけなのだ。こみあげる激情に胸がつまって、私は突然空を仰ぎ、いつもは聞くのもいやでたまらなかった言葉をはいた——「このジャップめ!」(ダニエル・イノウエ　日本語版『リーダーズダイジェスト』1968年4月号より)

ＦＢＩは真珠湾攻撃からわずか数日後、アメリカの安全に危険を及ぼすと判断したリーダー的な日系人千人以上を逮捕し、そのまま刑務所へ放り込んだ。日系人に対するアメリカの世論も悪化し、一九四二年二月十九日、ルーズベルト大統領は「大統領行政命令九〇六六号」に署名した。これにより、陸軍省に特定地域を指定させ、その地域内の住人(対象は日系人)を強制的に退去させることができる権限を与えたのである。

この結果、すべての日本人移民や日系人は強制収容所に連行され、その数はなんと十二万人にのぼった。該当者の七割はアメリカ生まれでアメリカ国籍をもっていた。目の青い日系人がいたのは、日本人の血が三十二分の一以上の者はすべて該当者とされたからだ。なんともひどい話だ。そのうえ収容所へ入る日系人は、退去命令が出てからたった一週間しか猶予を与えられず、家財や家屋を適正価格の十%程度でたたき売るしかなかった。収容所は荒涼とした砂漠や寒冷地につくられた。有刺鉄線を張り巡らし、敷地内に粗末なバラック小屋を建て並べただけだった。収容所内には監視の兵士が常駐し、敷地から逃げようとすれば容赦なく射殺された。まさにアメリカの白人たちの集団ヒステリー的な人種差別政策といえた。

現在、アメリカのトランプ政権は、南米からの不法移民についてヒステリックな政策をとっているが、自由の国といっても所詮、白人国家。同じ誤ちがないことを願う。また、労働者不足を解消する目的もあって、日本でも多くの外国人労働者が存在する。その数は百二十八万人。それでも足りずに、出入国管理法が改正された。事実上の移民受け入れ政策である。今度は間違いなく移民との間で文化摩擦は発生するだろう。だから、かつてのアメリカにおける日系移民の問題は、今後の日本にとっても過去の話ではない。

アメリカ人として戦ったハワイ日系人

ところが意外にも、ハワイの日本人移民・日系人は、リーダー以外は強制収容所へ送られることがなかったのである。というのは、先述のとおり、日系がハワイ人口の四割（十六万人）を超えており、すべてを拘束すると莫大な費用がかかるし、ハワイ経済が壊滅的な打撃をうけるからだ。

ハワイの日系人たちは、こうしたアメリカ政府の措置に深く感謝した。

「誰がいい出すともなく「戦線へ行こう。最終前線で戦おう」という言葉が日系兵士の間に広がり始めた。一度燃え上がると此の言葉の魅力は際限もなく膨れ上がって、止まるところを知らなかった。此の言葉の感動は口から口へと伝わって行くにつれて、いよいよ強く深いものになった。最早それ以外に救われる方法はないように思われたのである。最も危険な戦線を選んで従軍する。他人の出来ない勲功を立てる必要がある。その結果は戦死でも構わないのである。戦死は名誉だからである。此の名誉はやがて彼等が裏切者でなかったことの、有力な証拠になるのだ」（日系二世部隊のローレンス・坂本軍曹の回想『ハワイの日系人』牛島秀彦著　三省堂より）

このように多くのハワイ日系二世の青年たちが、自分たちがアメリカ人であることを証明するため、みずから戦場へ志願していった。こうしてハワイの日系人で構成された第一〇〇歩兵大隊が生まれた。彼らは本土の日系人でつくられた第四四二連隊に編入されてヨーロッパ戦線に投入された。

日系人部隊は「Go For Broke（あたって砕けろ）」を合い言葉に、すさまじい戦いぶりを見せた。戦死者・負傷者は数知れず、パープル・ハート部隊という異名を得たほどだ。負傷兵にはハート形の勲章が授与されるからである。

信じがたいのは、兵隊の人数よりも負傷者の数が多いことである。これは、一人で何度も負傷したことを意味する。また、病院からの脱走が数多く報告されているが、それは、戦場へ舞い戻るために抜け出したのである。

その活躍として有名なのは、ドイツ勢力内に取り残されたテキサス大隊約二百名の救出だろう。この任務のために日系人兵士百八十四人が戦死し、その数倍が負傷した。救出部隊と同じ数の犠牲を出したわけだ。結果、日系人部隊はアメリカ史上、もっとも多く勲章を受けた部隊となった。

戦後の一九四六年、四四二連隊はトルーマン大統領から七回目の感謝状を受け取った。その際大統領は「諸君は世界の自由のために戦った。…(略)…敵と戦っただけでなく、偏見に対しても戦った。そして勝った。その闘いを続けよ。…(略)…勝ち続けよ。この偉大な共和国が、その憲法のいうとおり『すべての人びとの幸福をすべての時に』を堅持する国になるように」(『真珠湾と日系人』 西山千著 サイマル出版)そう称えた。

こうした涙ぐましい努力のすえ、日系人はアメリカで社会的信用を取り戻した。

二〇一七年四月、ホノルル国際空港の正式名称がダニエル・K・イノウエ国際空港と変更された。その名からわかるとおり、イノウエは福岡県出身の日本人移民の子で、ハワイ生まれの日系二世だ。五十年にわたって上院・下院議員をつとめ、オバマ前大統領をして「この人がいなかったら私は公職に就かなかった」と言わしめたほどである。

イノウエは先述のとおり、真珠湾攻撃を受けた際「ジャップ」と日本軍をののしって涙した若者であり、その後、志願して戦地へ赴き、片腕を失いながら英雄的な活躍をした日系人部隊のリーダーの一人である。

私の好きな楽園ハワイには、そんな歴史が秘められていたのである。

若い頃は毎年何度もハワイへ行っていた。
これはマウイ島ラハイナの史跡前で写した一枚。

ハワイには多くの日本人移民がおり、いつしかその研究に励むように。
これはハワイ島の火山のクレーターの前で写した一枚。

第七章

台湾の旅

再びの台北

台湾は、日本人の海外旅行先として大人気で、とくに九份は宮崎駿監督の『千と千尋の神隠し』のモデルの地と噂されたこともあって、日本人観光客であふれている。

私が初めて台湾を訪れたのは、いまから十八年前の二〇〇一年八月のこと。前年、台湾では選挙によって初めての政権交代が実現し、国民党の一党独裁体制が終わり、民進党の陳水扁《ちんすいへん》が総統に就いた。その十年前あたりから国民党の李登輝《りとうき》総統による民主化が進んでおり、政権交代は、まさしく台湾が民主主義社会に変わった象徴ともいえた。

近現代史を専門とする私は、前々から日本の植民地であった台湾には興味を抱いていたが、たまたま東京都の歴史教員の団体で台湾研修旅行を企画していることを知り、夏休みにこれに参加することにしたのである。

当時は、いまでは考えられないほど日本人旅行者は少なかった。しかも観光客がいかない植民地の痕跡をまわるので、四泊五日で十数万の旅費がかかった。高雄国際空港に着いてから台南、台中、台北をバスで縦断する旅だった。まだ台湾新幹線は導入されておらず、台北のメトロ網も存在しなかった。

残念ながら当時の詳細なメモはとっておらず、この旅行の記憶はほとんど薄れてしまっている。ただ、初めての中華圏だったので、その文化の違いに大いに感動した覚えがある。特に、媽祖《まそ》と呼ばれる道教の女神を祀る廟がカラフルだったこと、物乞いが多かったこと、台湾ビールがうまかったこと、とにかく暑かったこと、マッサージがひどく痛かったことなどが印象に残っている。またバスのガイドをはじめ、七十歳以上の人びとが日本語にたいへん堪能であり、あらためて半世紀におよびこの地が日本であった事実を実感した。

それからずっと台湾を訪れる機会はなかったが、近年のブームに乗って二〇一三年十二月に久しぶりに台北へ行った。中正紀念堂、龍山寺、故宮博物館、九份、台北101、士林夜市など、いわゆる初心者向けコースをツアーで回ったが、わずか十数年で台北が近代的都市になったことに心底驚いた。民主化というものがいかに社会を発展させるかを、改めて実感した。

ただ、ずっと四日間、雨が降りっぱなしであり、ツアーという制約から自由に行動できなかったことを不満に感じ、それから三カ月後、私は再び台北に行った。そして今度は歴史研究家として、いまなお残る日本統治の痕跡を求めて各所を回った。

現在も台湾（中華民国）の総統の官邸として使用されている台湾総督府の内部。植民地時代の金融をになった旧台湾銀行の建物。台湾総督として赴任した乃木希典の母や明石元二郎大佐の墓があったという康楽公園。劣悪な環境で太平洋戦争時に英米人捕虜が労働させられていた金爪石鉱山。なお、この鉱山の構内には、視察に来訪する予定だった皇太子（後の昭和天皇）のために建てた屋敷（太子賓館）が現存していた。紫檀などを用いた贅をこらしたつくりになっていた。

台北は鉄道網が発達しており、旅行者も気軽に郊外へ行くことができる。おすすめの一つは台北のベニスとも呼ばれる淡水だ。日本統治時代の古い町並み（老街）が残り、数年前からは日本人の旧邸（和風住宅）も公開されるようになった。

もう一つ、北投温泉もいい。この温泉はドイツ人によって発見されたが、温泉街として開発したのは日本人だった。温泉地でとれる北投石は、癌にも効くとされる放射性鉱物として有名だ。これを発見したのも岡本要八郎という日本人地質学者である。私は水着で入れる温泉場に行ったが、あまり日本人が来ないのか、お年寄りたちが寄ってきて日本語でろいろと話しかけてきてくれた。台湾の人びとは日本人にじつにフレンドリーであった。台湾は食べ物もおいしい。フカヒレや火鍋、小籠包はいうまでもないが、士林夜市で食べた胡椒餅や臭豆腐は癖があるが、やみつきになる味だった。さらにマッサージも安いし、シャンプーも気持ちいい。行天宮や龍山寺近くには占いの店がずらりと並び、その多くが日本語を話せる占い師が常駐している。試しに占ってもらったところ、なかなかよく当たった。

いずれにせよ、二回の旅行で私はすっかり台湾を気に入ってしまい、二〇一六年に台南、二〇一七年に台中を旅して統治時代に関する史跡を調査した。ただ、台東へ行こうと思っていた矢先、大地震があったので仕方なくとりやめたが、近いうちにまた来訪したいと考えている。

秀吉と台湾

ところで、日本人が台湾を意識するようになったのは、豊臣秀吉の時代であった。秀吉は日本を統一したあと、今度は世界を支配下におさめようという驚くべき野望を持ち、明やインド、フィリピンなどに対し、自分に服属するよう書簡を送ったのである。

たとえば、ルソン総督ダスマリナスに対して秀吉は、「私は日輪の子であり、わずか十年足らずで日本を統一し、琉球や朝鮮も服属させた。いまや明も征服しようとしているが、これが私の天命なのだ」という倣慢な書簡を送りつけ、自分への服従を強要し、「もしも従わなければ、すみやかに罰を与える」と入貢を促した。明らかな脅迫である。

ルソンのスペイン人たちは秀吉軍の襲来を恐れ、ルソン提督はスペイン国王にこの旨を知らせる手紙を送った。

書簡には「日本人はみな大砲、手銃、槍をもち、アジアでもっとも好戦的だ」と述べられている。さらに提督は急いで会議を開いて、住民に下げわたしてあった銃器をかき集め、食糧を確保し、燃えやすいワラやヤシなどの屋根を瓦葺にするか、思い切って壊すことなどを決め、日本からの攻撃に備えた。

なお秀吉は、同年にポルトガルの支配下にあるインドのゴアにも書簡を送りつけたが、ゴアのインド総督に対しては服属を求める文言は見られず、「キリスト教は禁止するが、交易は歓迎する」と記されている。

このおり秀吉は、台湾へも書簡を送りつけている。当時、日本では台湾には高山国という国家が存在すると考えられていたのだ。しかし、そのような国家組織はなく、未開の原住民が住み、沿岸部には中国人を中心とする倭寇の拠点があるばかりだった。その後、台湾はスペイン、続いてオランダが貿易の拠点とするようになった。

鄭氏と江戸幕府

満州族がつくった清朝に圧迫されていた明朝だったが、一六四四年、ついに崇禎帝《すうていてい》が李《り》自成《じせい》軍に首都北京を奪われて自害する。ここに明帝国は崩壊し、異民族国家の清が勢力を拡張して中国大陸を統一する勢いをみせた。しかし明帝の血をひく人々は各地に散って小王朝を建国し、明朝再興運動を開始する。そのうち、現在の福建省（対岸に台湾がある）を拠点として唐王隆武帝《りゅうぶてい》を支えたのが、海商の鄭芝龍《ていしりゅう》・成功《せいこう》父子であった。彼らは、二十数回にわたり、日本（江戸幕府）に援軍を求め続けた。

鄭父子が我が国に支援を期待したのは、日本と縁が深かったからだ。芝龍はかつて日本に居住していた過去があり、日本女性との間に子供をもうけていた。その子が、成功なのである。

はじめての援軍依頼は一六四五年のことであった。以後、同年冬、翌年春、そして夏と、立て続けに出兵の要請が鄭氏からなされたという。しかし江戸幕府は、長い間明国と正式な国交がないことや書類の形式が日本に対して無礼だという理由から、出兵に応じようとしなかった。彼らに味方しても勝ち目がないことを的確に見抜いていたからだろう。

清朝が中国全土を統一した後のことを考えたら、鄭氏に加担して清と敵対するのは国内平和のためには得策でない。くわえてもう一つ、将軍家光・家綱時代は、幕藩体制の確立期にあたり、解決すべき国内問題が山積みされており、とても海外に兵を出す余裕などなかった。

だが、異説もある。

援軍の派遣をめぐり、将軍家光と御三家も臨席して首脳部で真剣な論議がなされたといい、このとき家光は出兵に乗る気で、御三家も賛成したので、最終的に派兵が決定したというものだ。ただ、使節にはとりあえず拒絶の回答を与えて帰国させ、ひそかにその準備にとりかかったのだという。ところが、まもなくして隆武帝が殺され、鄭芝龍が清軍に降伏したという知らせが届いたので、急遽派兵は中止されたという説だ。

さて、実際に芝龍は清朝に服属してしまったが、鄭成功のほうは再興活動をやめず、その後も日本に援軍を求め続けたが、幕府は要請を無視し抜いたのだった。けれどそれは、清朝との関係悪化を避ける表向き外交で、どうやら密かに鄭成功のもとに兵を派遣していたらしいのである。鉄人、倭銃隊と呼ばれ、明らかに日本の武士とわかる、少なくても一万以上の軍隊が、鄭成功の親衛隊として存在したことが諸記録から明らかだからだ。

当時、幕府は武断政治を展開しており、ちまたには改易された大名家の牢人があふれていた。もしかしたら、そうした荒くれどもを大量に派遣したのかもしれない。そうすれば、国内治安のためにも一石二鳥になるからだ。また、長崎に来る唐船の大半は鄭氏の船であったが、それを承知で幕府は交易を許し、鄭氏が手に入れた日本産の金・銀・銅は、再興運動の重要な軍資金となった。つまり間接的に幕府は、資金援助をしていたのである。

このように幕府は、鄭氏が勝つ場合も想定して、密かに保険をかけていたようだ。

なお鄭成功はその後、台湾にあるオランダ東インド会社を攻め、一六六二年、オランダ勢力を同島から追い払い、ここを清朝に対する反攻の拠点として選んだ。しかし一八六三年、台湾における鄭氏政権は清朝によって滅ぼされることになった。以後、清朝がこの地を管轄下におくようになったのである。

台湾民主国と明治政府

次に日本と台湾との関係がクローズアップされるのは明治時代になってからのことだ。一八七一年、台湾に流れ着いた琉球王国（宮古島）の漁民が、台湾の高砂族《たかさごぞく》に殺される事件が発生したのだ。台湾は清国の領土だったので、明治政府はすぐに清国に対して事件への賠償を請求した。ところが清国政府は、「台湾は我が国の領土だが、そこに住んでいるのは清国人化した人間ではなく、法律の外にある民だ。それに、そもそも琉球王国は日本領ではない」という理由によって賠償を拒絶したのである。

じっさい、琉球王国は江戸時代、薩摩藩の支配を受けながら、清国と朝貢関係を結んでおり、清国は琉球を属国としてみなしていた。ともあれ、この事件は日清間で大きくこじれ、とうとう明治政府は、台湾への武力報復を決定した。

だが、台湾出兵の直前、アメリカやイギリスが反対を表明するなど干渉してきたため、政府は検討した末、出兵を断念した。そして、長崎で出兵準備にあたっていた責任者の西《さい》郷従道《ごうつぐみち》（隆盛の弟）に、渡海の中止命令を出した。ところが、である。なんと西郷は、政府の命を無視して出航してしまったのだ。信じがたい違反行為だが、港を後にしてしまった以上、仕方がなく、政府はこの行動を追認することにした。

こうして台湾に上陸した日本軍は同島を制圧したが、この紛争の根本的解決を図るため、大久保利通が清国へ派遣された。イギリスの駐清公使スェードが日清間を仲介してくれ、会談の結果、日本軍が台湾から撤収することを条件に、五十万両（当時の日本円にして約七十五万円）の償金を払うことで決着がついた。つまり、清国に非を認めさせたのである。

それから二十数年後の一八九四年、日本は朝鮮半島をめぐって清国と戦争状態に入った。戦いの結果、日本が大勝し下関（日清講和）条約が結ばれた。この条約で清は日本に対して台湾の割譲を約束をした。

条約の批准書は五月八日に交換された。しかしその直後の同年五月二十三日、清国の台湾巡撫（台湾省の最高責任者）であった唐景松を総統として、台湾に台湾民主国という国家が誕生した。同国の大将軍には、清仏戦争でフランス軍を撃退した名将劉永福《りゅうえいふく》が就任した。台湾の人々は、日本の植民地になることを嫌い、こうした行動に出たのである。

もちろん日本政府は、そんな国家の存在は断じて認めなかった。台湾を植民地支配するための機関として台湾総督府を創設し、初代総督には軍令部長で海軍大将であった樺山資紀《かばやますけのり》を任命し、近衛師団とともに現地の台湾へ派遣した。

こうして五月二十九日、近衛師団が台湾北部の澳底《おうてい》に上陸、台湾全島を武力制圧するために進軍をはじめた。基隆、台北と進撃して六月はじめには台湾北部を制圧したものの、中部と南部の抵抗はすさまじいものがあった。

この戦争では、日本側の戦死者は五百二十七人にのぼり、戦病死者は三千九百七十一人を数えた。これはなんと、日清戦争全体の戦死・戦病死者の三十%を超えるものだった。いかに台湾の人々が強く日本軍に抵抗したかがわかる。

いっぽう台湾側の死者はおよそ一万四千人にのぼった。

日本軍は援軍の到着を待って総攻撃を開始、上陸から五カ月を費やしてようやく全島を制圧した。

ちなみに台湾民主国は、清国や列強諸国の助力を得ようとしたが、いずれもうまくいかず、日本軍との戦いに敗れると、首脳部が次々に国外へ逃亡し、国家は瓦解した。ただ、台湾の人々の組織的な抵抗は終わったが、その後もゲリラ兵が出没して根強い抵抗が続けられた。

日本は一八九六年、台湾の支配を軍政から民政へ移行するが、警察力を大増強してゲリラの鎮圧を継続していった。一八九八年から五年間に、こうしたゲリラを含めた反日的人物が一万九百五十人処刑されていることでも、台湾統治の難しさがわかるだろう。

繁栄の礎となったインフラ整備

大正時代になっても日本の統治に服さない人々がいた。

たとえば一九一五年には、大明慈悲国の建国を目指した大規模な反乱が全島で勃発、八百六十六名が処刑されるという西来庵《せいらいあん》事件が発生している。この年までに日本軍の戦死者はなんと千九百八十八人、病死者は七千六百四人にのぼり、日清戦争の戦死者を上回った。

その後支配は安定したかに見えたが、昭和に入った一九三〇年、台中州能高郡霧社《むしゃ》において、日本人巡査に原住民（セデック族）が殴られたことをきっかけに大規模な暴動が発生、彼らは学校の運動会を襲って日本人約百四十人を殺害した。このため、日本の台湾総督府は軍隊も投入して鎮圧しなくてはならない事態となり、七百人ぐらいがこの暴動で亡くなった。台湾総督の石塚英蔵《いしづかえいぞう》は、霧社事件の責任をとって辞任する事態になっている。

こうした住人の抵抗の一方で日本は、台湾に鉄道や道路を敷き、港湾を拡張していった。度量衡の統一、幣制改革も断行された。また、一八九八年から一九〇五年まで土地調査を徹底的におこない、土地の所有者を確定して地租を増徴させた。所有者が不明確な土地については、日本政府が没収して日本の商人や企業に安く払い下げた。さらに、製糖、樟脳、木材、塩、アヘン、煙草などの産業を近代化して発展させていった。ただし、台湾の人々のためではなく、あくまで日本の国土を富ませるためであり、台湾を日本の原材料の供給地にするのが目的であった。

灌漑事業も急速に進められ、耕地面積は飛躍的に拡大するが、これも現地の人々の利益のためではなく、日本人のために安い米を供給するのがねらいだった。なんと日本人の口にあう米の開発までおこなわれたという。

太平洋戦争後、台湾はすさまじい経済発展を遂げるが、負の遺産とはいいながら、日本がインフラを整備したことが大きく関係していたのは間違いないだろう。

四十年に及ぶ国民党独裁

太平洋戦争後、台湾は蔣介石《しょうかいせき》の国民党の支配下に入ったが、一九四九年、共産党との戦いに敗れた蔣介石は、台湾へ逃れて政権の拠点とした。以後、およそ四十年近く国民党による独裁がおこなわれた。

一九五二年、日本は連合国の支配下から独立して主権を回復する。同年、蔣介石の中華民国と日華条約を締結した。すでに中華人民共和国が成立していたが、日本は台湾の中華民国のほうを中国の代表政府に選んだのである。これは、アメリカの圧力によるものであった。時の吉田茂首相は、国連において中国の代表権がどちらにあるか決着するまで、中華民国との平和条約の締結を避けようとしていた。ところが、ダレス国務省顧問などが条約を結ぶよう強く働きかけてきたため、やむなく日華条約を結んだのである。

だが国際社会は中華人民共和国を中国の代表政府とし、アメリカも同国との国交樹立に動きはじめたことから、一九七二年、田中角栄内閣はにわかに中華人民共和国に近づき、日中共同声明を結んだ。この声明で日本政府は、中華人民共和国を唯一の中国とした。これにより、日華条約は無効となった。

中華民国（台湾）は日本政府の背信行為を責め、外交関係の断絶を宣言した。ただ、その後も台湾とは経済・民間交流で太いパイプでつながっており、一九八〇年代後半に国民党の李登輝総統が民主化を積極的に容認するようになってから、両国の関係はますます緊密になっている。

いずれにせよ、台湾では国民党の一党独裁が長く続いたこともあり、植民地時代のほうがよかったと考える人びとが多く、アジアのなかではかなり親日的である。また、日本統治時代を懐かしむ「懐日」が近年の台湾ではブームになっている。そうしたこともあり、二〇〇〇年代になると、台湾へ旅行する日本人は増え、二〇一〇年代には台湾ブームとなったのである。

異国に祀られた日本の軍神

二〇一六年、私は久しぶりに台南を訪れた。台北と異なり、それほど日本人観光客の姿は見なかった。台南には戦前の日本の建物も多く残り「この電信柱は、日本統治時代のものだ」と教えてくれた日本語を話すお年寄りもいた。じつは台南のほうが、日本とのつながりは古いのだ。

先述の明の家臣・鄭成功は、この台南を拠点として活動していた。台南には鄭成功がオランダから奪取したゼーランディア城やプロヴァンディア城の煉瓦積みが現存する。また、鄭経が父の鄭成功を祀った廟には、成功の母・田川松《たがわまつ》の彫像もある。

だが、私が驚いたのは、日本の軍人が神様として祀るお堂があることだった。台南駅からタクシーで二十分ほど走ると、日の丸がはためくお堂が見えてくる。入口の看板には黄色地に真っ赤な文字で「鎮安堂　飛虎将軍」と大書してある。飛虎将軍《ひこしょうぐん》は、茨城県水戸市出身の海軍航空隊の杉浦茂峰《すぎうらしげみね》少尉のことだ。

一九四四年十月十二日、アメリカ軍機が大挙して台南に襲来した際、杉浦も迎撃のため零戦で出撃した。しかし被弾して尾翼が発火、そのまま村落に墜落しそうになった。目撃者によれば、杉浦はそれを避けるため必死に機首を上げ、養殖池に機体を墜落させ、パラシュートで脱出したという。しかし敵の機銃掃射を浴びてパラシュートに穴が空き、そのまま落下して地面に身体を叩きつけられて死んでしまった。まだ二十一歳の若者であった。

戦後数年が経ち、不思議なことが起こりはじめる。夜、養殖池の周りを徘徊する白い服に帽子姿の若者がたびたび目撃されるようになったのだ。魚泥棒だと思って追いかけていくと、フッと姿を消してしまう。目撃情報は増え続け、やがて村人たちの夢の中にも現れるようになった。

人びとは恐怖のあまり「保生大帝」（神様）に尋ねると、それは、日本軍人の亡霊に違いないという結果が出た。このため「村を戦火から救うために自分の命を捧げた日本兵ではないか」という話になり、やがてそれが、杉浦茂峰という人物であることも判明した。

そこで村人たちは、村を救った恩人に感謝を込め、一九七一年、祠を建てて杉野を飛虎将軍として祀るようになったのだという。「飛虎」とは戦闘機をさし、「将軍」とは勇士の尊称である。堂内には軍人姿の杉浦をかたどった像が安置され、彼の写真や日の丸が飾ってあり、いまも近隣から参拝者が絶えない。たばこが好きだったのか、線香のかわりに飛虎将軍像にはタバコを三本お供えする。お堂では午前中に「君が代」を流し、午後は「海ゆかば」を流すという。

異国に祀られた日本の軍神、何とも意外な光景であった。

日本の植民地だった台湾。
近年は台湾を気に入り毎年のように訪れている。
この写真は台中での一枚。

第八章

朝鮮出兵の旅

二〇一八年六月、私は初めて韓国の地を踏んだ。訪れたのは首都ソウルではなく、釜山である。ここが豊臣秀吉が朝鮮出兵のさいに派遣した日本軍の上陸拠点や根拠地だったからだ。釜山周辺には日本軍のつくった倭城《わじょう》がいくつもあり、いまなお石垣がよく残存している。

二十万人近い兵士を朝鮮半島に送り、足かけ七年にわたって戦う前代未聞の大戦、それが朝鮮出兵（文禄・慶長の役）だ。なぜ秀吉はそんな大軍を半島に送ったのか、また日本兵たちはどのように戦ったのか、それを知りたいと思い釜山に降り立った。

秀吉の誤解

豊臣秀吉が天下を平定した頃、隣りの明国は、モンゴル高原を制圧したタタールによって北部への侵攻を繰り返されるようになっていた。このため、万里の長城を完成させたり、大兵力を北部に配置する必要から莫大な支出を余儀なくされていた。

同時に、沿岸部でも倭寇（中国人を中心とする海賊）が活発化し、密貿易や略奪行為が横行、これを取り締まるためにやはり膨大な費用が必要だった。このように「北虜南倭《ほくりょなんわ》」といわれる状況によって、明国は大いに疲弊していた。

戦国の世を百年経験した日本、そこに軍事国家を構築した豊臣秀吉は、こうした実態を耳にし、「明国は所詮文治国家であり、文民によって統治されているから軍事的には弱小である」という確信を持つにいたった。また、戦国の日本は、莫大な銀の産出国へと変貌し、明国はその銀に依存して経済を運営しているという事実も、秀吉にアジアの盟主として君臨することを夢想させ、明国征服へと駆り立てたのかもしれない。

さらに言えば、日本の統一が確実になったことで、新たに恩賞として与える土地が不足する事態が懸念された。武家政権の宿命として常に戦いを続け、負かした敵から奪った土地を御恩として臣下に与える必要があった。それが、海外侵略の要因の一つになったのは確かであろう。いずれにせよ、一五九〇年に国内統一を果たした秀吉は、翌年の「唐入り」を天下に宣言したのである。そして、その先導役を朝鮮に命じた。

しかし朝鮮は、はるか昔から明国に従属しており、宗主国たる明へ矢を向けるなど、想像だにしていなかった。では、秀吉の誤解はなぜ起こったのか。

それは、朝鮮との外交をになった対馬の宗氏とその関係者がそうさせたのである。秀吉から「朝鮮国王をわが国に朝貢させるように」と要求された宗義調《そうよししげ》は、仕方なく家臣の油谷康広《あぶらたにやすひろ》を日本国王の使節と偽って一五八七年に半島へ送り、朝鮮政府に「使節を派遣してほしい」と懇請した。だが、差し出した文書は朝鮮政府から無礼だといわれ、油谷は引き返さざるを得なくなった。

一五八九年三月、秀吉は新当主の宗義智《そうよしとし》に「なぜ朝鮮国王は参内しないのか」と譴責《けんせき》した。そこで義智は外交僧として名高い博多聖福寺の住持・景轍玄蘇《けいてつげんそ》を正使とし、自らは副使となって朝鮮へ渡り、必死に使節の派遣を乞うた。仕方なく朝鮮政府は使節を送ることに同意した。

こうして一五九〇年、黄允吉《こういんきつ》を正使、金誠一《きんせいいち》を副使とする通信使一行が来日、同年十一月に秀吉と会見、国書を手渡したのである。そこには、秀吉の天下平定を祝う文言が記されていたが、秀吉は彼らを服属の使節だと信じ、主君のように振る舞い無礼な返書を渡した。

屈辱的な書を受け取った正使の黄允吉は、「必ず秀吉は半島に兵を出し、明国へ攻め入るでしょう」と復命したが、副使の金誠一は「秀吉の目はネズミのようであり、兵を出す心配はありません」と正反対の意見を述べた。じつは朝鮮政府内では支配階級が東人派と西人派に分かれて派閥抗争を繰り広げており、金が東人派、黄は西人派だった。このときは西人派が実権を掌握していたので、結果として金誠一の復命を是とし、朝鮮政府は日本軍の襲来に何の備えもしなかった。

釜山城の戦い

一方、秀吉は一五九二年二十六日、長年の念願だった明国の征服へ乗りだし、肥前の名護屋へと向かった。渡海する日本軍は九つの軍団に編成された。一番隊は小西行長、宗義智、松浦鎮信《しげのぶ》ら率いる一万八千七百名。二番隊は、加藤清正、鍋島直茂《なべしまなおしげ》率いる二万二千八百名。そのほかあわせて十五万八千八百名。さらに秀吉は大陸侵攻の拠点である名護屋に着陣するよう他大名に命じ、その総数は二十八万人におよんだ。

小西行長は、朝鮮政府に明への遠征にさいして通行の許可を求めたが、あっさり拒絶された。そこで秀吉に事実を告げたうえで、続々と部下の兵を対馬に渡海させ、四月十二日夕刻、行長も宗義智らとともに一万八千で釜山に上陸を強行したのである。なお、朝鮮の抵抗で秀吉は計画の変更を余儀なくされ、半島での戦争を想定した軍令を改めて発した。

鄭撥《ていはつ》の守る釜山城（鎮）を包囲した日本軍は、午前六時から攻撃を開始した。一斉に鉄砲が火を噴き、城兵がバタバタと倒れていった。当時、これほど多数の鉄砲を所持している軍隊は、世界のなかで日本だけだった。百年以上続いた戦国の世が、日本の兵力を最強のものに変貌させていたのである。

平和ぼけしていた朝鮮兵は、鉄砲の威力におののいて戦意を喪失。このため日本兵は、やすやすと城壁を乗り越え、釜山城内に乱入した。部下は鄭撥に対し、城から落ちのびるよう勧めたが、鄭は「男子死するのみ！　また同じことを言えば斬る！」と怒り、最後まで戦い抜いて命を落とした。愛人の愛香も、みずから首を切って自殺した。

城将の討ち死によって城兵は抵抗をやめたが、行長は城内の人間を皆殺しにするよう命じ、女も子供も、さらに犬までも殺戮し尽くした。おそらく行長は、緒戦で日本軍に恐ろしさを知らしめ、朝鮮政府の戦意をくじき、日本軍の通行を黙認させようとしたのだろう。

小西軍はその後、破竹の勢いで半島を北上していった。

私は、そんな戦いのあった釜山一帯を見てみたいと思うようになった。

成田空港から金海国際空港まではたったの二時間。そこから電車で釜山駅までは四十五分程度だから沖縄へ行くより近いくらいだ。

釜山のホテルについてすぐ、電車に乗って凡一駅へ行った。そこから歩いて十分ほどのところに子城台公園がある。小高い独立した丘になっており、周囲は美しい木々が生え良い散策コースもある。高台は広い公園になっていて健康器具などが設置されている。公園の端に中国の楼閣のような建物がある。じつはその建物、朝鮮通信使歴史館なのだ。通信使は、徳川将軍の代替わりごとに朝鮮政府が遣わした祝いの使者である。そんな日朝友好に関する展示が建物の内部にある。ただ、模型や人形、レプリカの絵などが多く、実物の史料がほとんどないのが残念だ。

この公園と道路をはさんだ地域には、昔、倭城があった。釜山を占拠した日本軍の拠点とするため、毛利輝元が中心になって釜山母城と釜山子城をつくったのである。私がいる子城台公園は、釜山子城だった地域で、当時はすぐ近くまで海だったというが、埋め立てが進んで現在は市街地になっており、周囲にもところどころに日本式の石垣が見える程度で、ほとんど城だったことはわからない。期待していただけに最初に私が見た倭城は、少々残念な姿だった。

難なく漢城を占領

行長が上陸した五日後、加藤清正率いる第二軍も釜山に上陸した。以後、小西軍と加藤軍は、競うように北上していった。四月後半には、黒田長政、小早川隆景、毛利輝元なども続々と到着した。なお釜山城、東萊城《とうらいじょう》を落とした小西行長は尚州《しょうしゅう》へ向かった。そして尚州城を難なく手に入れ、さらに忠州《ちゅうしゅう》まで侵攻し、朝鮮政府が急派した三道都巡察使（慶尚・忠清・全羅道を統括する将軍）申砬《しんりつ》と戦うことになった。

申砬は精悍な女真族の乱を平定した勇将であった。申砬の部下は、「険しい鳥嶺山を拠点にして敵の北上を阻止すべきだ」と進言したが、申砬はこれを却下し、忠州の弾琴台《タングムデ》という絶壁を背負い、背水の陣をしいた。

だが小西軍は申砬軍の六倍おり、朝鮮軍はたちまち敗北し、申砬も身を投げてしまった。申砬の敗死を知った朝鮮国王・宣祖《ソンジョ》は驚愕し、四月二十九日に首都の漢城から離脱した。そして、雨に打たれずぶ濡れ状態で碧諦館《へきていかん》を経て東坡《トンポー》に達した。ただ、逃避行の途中で脱落者が続出、食事さえ満足にとることができなかったという。翌日、国王一行は開城に到着し、そこで三日間を過ごした後、平壌へ入った。

第二軍の加藤清正軍も四月二十八日に忠州に到着した。行長と清正は軍議を開き、小西軍は東を通って東大門から漢城へ突入、加藤軍は西側を通って南大門から漢城へ乱入することを申し合わせ、朝鮮国王が脱出した二十九日、漢城攻略を目指して行動を開始した。

すでに朝鮮軍は自壊して離散しており、五月三日、小西・加藤両軍は難なく漢城を占領した。秀吉はこれを知ると、「来年二月、甥の秀次を明国へ渡らせる。その後、百カ国を与えて明の関白にする。日本の関白には宇喜多秀家か豊臣秀保《ひでやす》を就ける。私は明を征服した後、寧波に拠点を置いて天竺（インド）を征服する。日本の天皇には皇太子の若宮（良仁親王）か八条宮智仁親王をつけ、後陽成天皇は北京に移して中国の皇帝とする。後陽成天皇には北京周辺の十カ国を与え、公家たちにはそこから知行を与える」と驚くべき壮大な計画を語るようになった。

大陸などに渡りたくない後陽成天皇は、暗に反対する手紙を秀吉に送った。それからまもなく、秀吉は朝鮮の渡海を中止した。天皇の意向に従ったわけではない。朝鮮情勢が変わり始めたのである。

激闘の末に

義兵を組織して日本軍に抵抗する者たちが増え、朝鮮の民衆も日本の統治に素直に従おうとしなかった。

さらに朝鮮水軍を率いた李舜臣《りしゅんしん》が亀甲船を駆使して日本水軍を苦しめるようになり、五月七日には、巨済島付近で藤堂高虎率いる日本水軍が大敗北を喫した。制海権を奪われたことで、日本軍は食糧不足に陥った。

さらに六月、遼東地域の明軍が鴨緑江《おうりょくこう》を渡河《とか》してきたのだ。リーダー李如松《りじょしょう》は歴戦の将軍で、同年には寧夏での大規模反乱を平定したばかりだった。十二月下旬、李如松は四万三千人の大軍で鴨緑江を越えて朝鮮領の義州に入り、翌一五九三年正月元日、清川江を渡河して安州に着陣、朝鮮軍や義兵ら約一万人と合流し、五万の大軍で正月から平壌を包囲して総攻撃が始まった。小西軍はわずか一万五千だったので、平壌の中に築いた頑丈な城に籠もった。

しかし、死者は総兵力の一割を超え、瓦解も時間の問題となる。ところが、李如松は陽が沈むと攻撃を中止させ、あっさりと平壌城内から撤収していったのだ。これは、あえて日本軍を城外へおびき出すためであった。が、行長はこれを好機とばかりに城の兵をまとめ、闇の中、城を脱し南へ遁走した。なのに李如松は追撃せず、翌日に平壌へ入ってしまう。これで行長は命拾いした。

その後、行長は黒田長政の軍と合流し、小早川隆景らの拠点とする京畿道《けいきどう》の開城まで後退。さらに漢城に下がって軍議をひらいた。制海権は敵に握られてしまっているから、日本からの来援は期待できない。残る兵糧もたったの一万四千石。二カ月ですべてを食い尽してしまう量だ。もちろん秀吉は半島からの撤退は許さないだろう。

となれば、後は一か八かで、襲来する明の大軍を迎撃して退けるしかない。その役目を買って出たのが、加藤光泰、立花宗成、小早川隆景だった。こうして彼らは碧蹄館で明軍を迎撃することにした。漢城から北に約十六キロに位置する碧蹄館は、南北に五キロ続く長い細い渓谷である。東西は丘陵が続いている。湿地帯であるうえ、ちょうど雨が降ったばかりで、道はぬかるんでいた。敵を誘い入れるには、絶好の条件がそろっていた。

一方、明の李如松だが、平壌攻略戦の勝利に酔い、日本軍をなめきっていた。結果、明軍はまんまと碧蹄館深くに入り込んだのである。そして、日本軍の逆襲をあびて明軍は総崩れとなり、李如松も命からがら戦場から離脱し、坡州まで逃げ延びた。この戦いで明軍は六千余りの兵を失ったという。

このとき、日本軍は追撃しなかった。というより、できなかったのだ。各地に義兵が蟠《ばん》踞《きょ》し、食糧も底をついており、漢城を維持することで精いっぱいだった。その後、飢えが深刻な状況になり、伝染病も流行して人や馬が続々と亡くなった。このため諸将の間では「もはや釜山まで撤退するしかない」という悲観的な意見が強くなっていった。雑兵も厭戦気分が強くなり、敵方に投降するようになった。

そこで、現地で明との講和交渉が開始されたのである。明の武将たちも異国の地での戦いを早く辞めたかった。こうして小西をはじめとする日本の武将は、明の武将たちとはかって両国政府を巧みにだましながら、この無益な戦いを終結させようと動いた。

再び朝鮮へ出兵

一五九三年四月、現地での日明停戦が成立すると、日本の武将たちは秀吉の指示を待たずに勝手に漢城から撤退してしまった。だが、秀吉は朝鮮南部を確保すべく、朝鮮軍の晋州城《しんしゅうじょう》を奪うよう厳命した。そこで仕方なく日本軍は、総力を結集して城攻めをおこない、城を陥落させた。朝鮮側の死者は軍民あわせて六万に及んだといわれる。このとき明軍は、日朝両軍の戦いを傍観していた。

その後、明の使者が日本を訪れるが、交渉は決裂。再び一五九七年から日本軍は朝鮮へ渡った。七月、藤堂高虎、加藤嘉明ら率いる日本水軍は、巨済島海戦で敵のリーダー・元《げん》均《きん》を倒し、朝鮮水軍に壊滅的な打撃を与えることに成功した。そのお陰で日本軍はやすやすと半島に上陸することができ、敵の沿岸からの攻撃を全く気にすることなく、侵攻作戦を展開することが可能となった。

朝鮮に集結した十四万人を超える日本将兵は、まずは全羅道《ぜんらどう》の制圧を目的に、軍を二手に分けて北上を開始していった。左軍の主将は宇喜多秀家。これに小西行長、宗義智、島津義弘らの諸将が従った。一方の右軍は、毛利秀元を主将として黒田長政、浅野幸長らが従い、加藤清正が右軍の先鋒となった。左軍は、全羅道の要衝である南原城《なんげんじょう》の制圧を目指して八月に釜山を進発していった。

これより三カ月前、秀吉の朝鮮再征が決定的になると、明の朝廷は、朝鮮へ援軍を出動させることにした。

「きっと日本軍は南原をねらうに違いない」と先読みした明の副総兵・楊元《ようげん》は、六月、兵三千を率いて漢城から南原城へ入った。楊元は急いで南原城内の塀を高くし、銃眼を壁に開け、大砲を備え付けた。また、堀をさらに深くし、防御能力を高めた。

ただ、朝鮮軍の兵士たちはこのおり、南原城に籠もろうする楊元に対し、「南原城の北にある蛟龍山を拠点にして戦うべきだ」と進言したという。けれども楊元は、その申し出を拒否した。こうして明軍三千と朝鮮軍六千、さらに多くの庶民が南原城で日本軍の襲来を待つことになった。

やがて南原を包囲した日本軍は、八月十三日から攻撃準備を開始する。堀を土や草でたちまち埋め尽くし、梯などをかけて城内へ入る道をつくりはじめたのだ。

驚いた楊元は、日本軍に会見を申し入れた。小西行長は楊元に即時の南原開城を求めた。ここにおいて平和的解決は無理だと悟った楊元は、この条件を拒否。すると十六日から日本軍の猛攻が始まり、その日のうちに城内に乱入してきた。

明・朝鮮連合軍も必死の防戦につとめたものの、数倍の日本軍の勢いに圧倒され、南原城は制圧された。このとき日本軍は、容赦なく城内にいる者たちは切り捨てていった。

ちなみに日本の武将は、倒した相手の鼻を削いで塩漬けなどにして国内に送った。首だと重いし、腐りやすいからである。たとえば吉川広家《きっかわひろいえ》は、家臣の赤穴久内《あかなひさうち》が奪った六百十五の鼻を受取り、そのほかの鼻もあわせて軍目付の熊谷直盛《くまがいなおもり》に渡し、鼻請取状を貰っている。そこに記されている鼻数は三千四百八十七という莫大な数字にのぼった。

大名一人について、これだけの数であるから、朝鮮出兵の期間、いったい何人の人々の命が奪われ、鼻をもがれたのだろうか——。

いずれにせよ、朝鮮から到着した多数の鼻は、九月二十八日に秀吉が京都の方広寺の前に塚をつくってそこに奉納し、西笑承兌《さいしょうじょうたい》に供養させている。のちに鼻塚は、耳塚と誤伝されることになったが、恩賞の証拠とはいえ、遺体の鼻を削ぐという残酷な行為は、長く朝鮮人民の恨みとするところとなった。

右軍の侵攻

さて、続いて日本の右軍の動きである。

毛利秀元率いる右軍は、加藤清正を先鋒として黄石山城《こうせきさんじょう》を取り囲んだ。すでにこの地への襲来を予測していた朝鮮政府は、安陰県監・郭趛《かくしゅん》をリーダーに、前咸陽郡守の趙宗道や金海府使の白士霖らを将として守りにつかせていた。城内の住人は、武官として有名な白士霖が「ここを死守する」と豪語したので、大いに安堵したという。

ところが加藤清正の猛攻で城が陥落しそうになると、当初の勢いはどこへやら、恐怖のあまり白士霖は妻子を連れて城から遁走してしまったのである。郭趛と趙宗道は討ち死にを遂げ、これまた城はあっけなく陥落した。

右軍はその後、鎮安を経て全州に入り、左軍と合流して八月二十五日に軍議を開いた。結果、右軍はそのまま北上して忠清道の公州を目指すことになった。いっぽう左軍の宇喜多秀家らは慶尚南道の閑山島へ、小西行長は全羅道の順道方面へ、島津義弘は全羅道の海南方面へ向い、藤堂高虎、加藤嘉明らは陸から離れて再び水軍を率い、全羅道の南岸から忠清道西岸をのぼって、左軍の作戦を支援することになった。

右軍は予定通り公州を占拠し、そこから二手に分かれた。加藤清正や太田一吉は、忠清道清州を経て忠州へ進んでいった。対して毛利秀元と黒田長政は、錦江に達した。当初、朝鮮軍はこの河で日本軍を防ごうとしていたが、南原城や全州が陥落したことを知るや、毛利・黒田軍が来る前に姿をくらましてしまった。このため毛利・黒田勢は難なく錦江を渡河でき、さらに北上を続け、漢城へと近づいていった。

こうした状況において、明の陳愚衷《ちんぐちゅう》は漢城まで逃げ戻り、総兵（朝鮮のおける明軍のリーダー）・麻貴《まき》も、漢城を捨てて鴨緑江まで退去すべきだと考えた。が、平壌から漢城に来た経略朝鮮軍務（朝鮮における明の総司令官）・楊鎬《ようこう》はこれを却下し、むしろ麻貴に水原まで兵を進めさせた。これに朝鮮軍も呼応。かくして九月七日、さらに前進した明軍と毛利・黒田軍との間で、遭遇戦（稷山《しょくさん》の戦い）が勃発したのである。戦いはなかなか決着がつかず、翌日、双方が兵を引いたが、日本軍の北上はここで止まり、その後は再び南下して忠清道へ戻っていった。

狙うは加藤清正

以後、明と朝鮮側は、結束して抗戦体制を整えていった。一方の日本軍も、厳冬期を迎えるにあたり、拠点になる城郭群の築造を急ぐようになった。今回の再征目的は、朝鮮南部を恒久的に日本の領土にしてしまうことにあったからだ。この時期に日本人によって構築された城を倭城と呼ぶ。

蔚山城《うるさんじょう》もそんな倭城の一つであった。蔚山は、新羅の都として発展した慶州と、日本軍の上陸拠点である釜山の中間地点にあった。しかも、低地が広がるなかで、この蔚山だけが標高約五十メートルとはいえ、独立した丘陵を成していた。なおかつ、近くを流れる太和江は日本海に注いでおり、沿岸部から舟でこの地まで到達することができた。まさに、慶尚道をおさえるふさわしい要害の地といえた。

このため、一五九七年十月半ばより、蔚山での築城工事が開始された。約一万六千人が昼も夜も工事にあたったたという。歩兵だけでなく、水軍の船員、鉄砲衆、国内から連れてきた人足、さらには現地の朝鮮人まで駆り出しての突貫工事だった。ミスをすれば首を切られ、山に木材を調達に向かうと朝鮮義兵の襲撃を受けてさらし首にされるという苛酷な労働環境だった。築城の中心となったのは、加藤清正、浅野幸長、毛利秀元らの配下であった。城の主将は、加藤清正と決まっていた。

この情報を探知した明軍は、全力でこの城を攻め落とし、できれば清正を倒すか生け捕りにしようと決めた。というのは、明や朝鮮では、「日本最大の主戦派は加藤清正である」と認識されており、「もしこの勇将が守る蔚山を陥落させることができたなら、敵全体の志気を大きく削ぐことができる」と確信していたからである。

明軍のトップ・軍務経略の邢玠《けいかい》は、軍務経理（朝鮮における明軍の総司令官）の楊鎬と総兵（提督）の麻貴に五万七千（異説あり）もの兵をつけ、蔚山城へ向かわせた。このおり、都元帥・権慄《ごんりつ》率いる朝鮮軍一万二千も先鋒として攻撃に加わることになった。

蔚山の地獄絵

十二月十八日、慶尚道の義城《ぎじょう》に着いた楊鎬は、密偵の呂余文《ろよぶん》を蔚山へ放った。呂は降倭（明や朝鮮軍に自ら降った日本人）であったので、和服を着てチョンマゲを結い、軽々と城内に潜入して日本軍の兵力や配置を克明に記載して戻って来た。このように、戦う前から蔚山の様子は、敵方に筒抜けだったのである。

明・朝鮮連合軍は、蔚山城への陸路をすべて遮断したうえで、十二月二十一日夜に蔚山の北方に着陣した。楊登山ら率いる先鋒隊一千がそれから数時間後の二十二日未明、蔚山城外西に陣を敷いていた毛利秀元配下の軍勢に攻めかかっていった。虚を突かれた冷泉元《れいぜいもと》満《みつ》ら日本の武将たちは、たちまち殺害されてしまった。じつは、蔚山城を築いていた武将たちのほとんどは、城外に陣屋を構えていた。なぜなら、十二月二十四日に、守将である清正がこの新城に入ることになっていたから。つまり、入城を遠慮していたのだ。まさにそこを、明軍に急襲されたわけである。

驚いた浅野幸長《あさのよしなが》、太田一吉《おおたかずよし》、宍戸元続《ししどもとつぐ》らは、そのまま退いて城内に籠もった。ただ、このおり蔚山に籠もった兵は、総勢でわずか三千（諸説あり）でしかなかった。しかも、守将たる加藤清正は、三十キロ南にある西生浦城《せいせいほじょう》に出向いていて留守だった。清正は、黒田長政に西生浦城を引き渡す準備をしていたとも、城の修築をしていたともいわれる。

ただ、加藤清正という男のすごさは、「蔚山包囲さる！」の報を聞いたとき、二十倍近い敵が来攻したことを知りながら、迷うことなく僅かな供を率いただけで、ただちに西生浦を飛び出して蔚山へ向かったことである。自分の部下が絶望的な状況に置かれているのを、黙止することができなかったのだ。さすが、勇将といわれるだけのことはある。こうして十二月二十二日、舟で清正は蔚山城へと入った。

ただ、このとき蔚山城は、まだ未完成であった。総濠も掘られていない箇所がいくつも存在した。ゆえに、敵軍はあっけなく本丸、二の丸、三の丸まで殺到し、石垣へ取りついて乱入しようとしてきた。だが、日本軍は石垣の上から鉄砲を激しく放ち、それ以上、敵が近づくのを防いだ。とはいえ、敵襲による籠城などは全く想定しておらず、食糧の蓄えは皆無に等しかった。さらに、最悪だったのは、まだ井戸が穿たれてなかったことである。つまりこの状況では、数日と城が持たないのは確実だった。

しかも敵は大軍、退けても退けても連日、波状攻撃を仕掛けてきた。このため、たちまち志気は低下し、敵軍へ投降する城兵も現われてきた。戦いがはじまって二日後には、早くも城兵は飢え始めた。とくに悲惨だったのが、渇きを癒やせないことだった。まったく水分が補給できない軽率などは、次々ともだえ苦しみながら斃れていった。

だが、二十五日になると、雨が降り出した。城兵たちは小躍りして自分の服を濡らし、それをしぼって口に流し入れ、久しぶりの水分をとった。が、この恵みの雨は翌日、さらに翌々日も、まったく止む気配を見せず、城内は水浸しになり、飢えと寒さのため、今度は凍死する者が続出したのである。城兵の中には空腹のあまり、死馬に食らい付き、紙まで食べる者が現われた。さらには城外へ忍び出て、敵の遺体から食糧をさぐり、死肉まで食らうという悲惨な地獄絵が現出した。

日本軍、絶体絶命

荒天に苦しめられたのは、城兵だけではなかった。城を攻め立てている明・朝鮮連合軍の中にも、寒気と雨のために体調を崩す者が続出し、このまま包囲を続けるのが厳しいほど、全体の志気は低下していった。

そこで楊鎬は、蔚山城に降伏を勧告する使者を派遣することに決めた。遣わされたのは、沙也可《さやか》という降倭《こうわ》であったとされる。その本名を岡本越後守といい、なんと、清正の元家臣であった。沙也可は城内で清正と会見し、「もし蔚山城を明け渡してくれたら、城兵の命はすべて助け、清正についても明の皇帝に奏上して官職を与える」と記された楊鎬の書状を提示した。

だが、城内では浅野幸長など、開城に反対をとなえる声が強かった。なぜなら、釜山をはじめ、近隣には日本軍が散らばっており、あと少し辛抱すれば、援軍がやって来る可能性が高かったからである。しかし清正は、十二月二十九日、楊鎬の提案を受け入れ、「城外で開城交渉をおこなう」と明側に返答した。そして四日後の翌年正月三日、楊鎬と清正は城外で会見することになった。

十二月三十日、ついに日本軍の矢弾が尽きてしまった。けれどもこのとき、毛利吉成《もうりよしなり》、毛利秀元《もうりひでもと》、黒田長政らが三十キロ離れた西生浦城に集結しつつあったのである。一五九八年正月元日、清正ら籠城軍は、その事実を知り、大いに志気が上がった。清正は、ただちに明側に交渉の延期を通告した。

違約に激怒した軍務経理の楊鎬は、自ら指揮をとって大軍で蔚山城に総攻撃を加えてきた。まさに籠城軍にとっては絶対絶命のピンチとなった。

加藤清正は、密書を持たせた使者を西生浦城へ派遣した。そこには「もし城の救援が間に合わなかったら、すでにわれわれは成すべきことを知っている。心配しないでほしい」と記されていた。清正と城兵には、討ち死にする覚悟ができていた。

援軍到来で攻守逆転

もはやこれまでか、そう清正があきらめかけたとき、待ちに待った援軍が現れた。

正月二日、西生浦城に集結した日本軍一万三千は、毛利秀元を大将として、蔚山へ向けて進発した。主力の陸軍と並んで、水軍も川をさかのぼって蔚山へと向かった。総大将の秀元は、まだ十代の青年であった。毛利輝元が病になったため、急遽これに代わって毛利のリーダーとなっていたのだ。

援軍は、蔚山の南に位置する高台に陣取った。日本軍の出現を知った明・朝鮮連合軍は、ますます激しく城を攻め立てたが、むしろ援軍の到来を目の当たりにしたことで、城兵は奮い立ち、その守備はいっそう強固となった。

秀元率いる援軍は城の危機を見て動き始め、明・朝鮮軍の背後へと近付いていった。動揺した明・朝鮮軍は、ついに城攻めをあきらめ、包囲を解いて退却を始めたのである。

これを、歴戦の猛将・清正は見逃さなかった。すぐさま城門を開き、遠ざかる敵を猛追しはじめた。挟撃された明・朝鮮の攻城軍は大混乱に陥り、武器を捨てて逃げはじめた。こうして攻守は逆転した。こうなっては、大軍は単に獅子に追われる羊の群れに過ぎなくなる。この状況下、多くの明兵、朝鮮兵が次々と命を落としていった。戦後、戦場に放置された敵の遺体は一万人を超えており、どれほど慌てて敵が遁走したかがよくわかる。

慶州に逃げ戻った楊鎬は、「日本軍は必ず追撃してくるだろう」と思い込み、さらにはるか漢城まで逃げたのである。

その後楊鎬は、敗北の責任を回避するため、明の朝廷に対し「朝鮮の民数千が日本軍に味方したため、蔚山から撤退しなくてはならなかった」と報告した。また、その上司にあたる邢玠も「明軍は、蔚山攻城戦で清正率いる籠城軍に大打撃を与えたが、暴風雨が続いて兵が困窮したうえ、日本の援軍がやってきたので、いったん退いただけであり、すぐに日本軍は我が軍によって潰滅する」と明の皇帝に復命した。

だが、同年六月、邢玠の部下である丁応泰という人物が、「蔚山攻城戦は完全に明軍の敗北であり、楊鎬の報告は虚偽である」と訴えた。このため明の皇帝は大いに立腹し、楊鎬の職を解いたのだった。

隠された秀吉の死

さて、ようやく包囲から解放された加藤清正は、翌正月五日、毛利秀元らの援軍を城内に迎え入れ、将たちと逃げる明・朝鮮軍を追撃するかどうかを検討した。が、すでに日本軍には、遠路はるばる大軍を繰り出すような余力は残っておらず、追撃案は却下となった。

同月末、宇喜多秀家、毛利秀元ら十五人の武将たちは、小西行長たちには相談せず、奉行の石田三成らを通じて秀吉に「蔚山城、順天城、梁山城を放棄し、日本軍の守備範囲を縮小したい」と打診した。一方、小西行長と加藤清正は、それぞれが独自に明との和平交渉をおこないはじめた。このように日本の武将たちの間で、統一的行動が不可能な状況が生まれていたことがわかる。ただ一つ言えるのは、みんながこの不毛な戦いをやめて帰国したいと切望していたことである。

しかしながら、三月にもたらされた秀吉の返事は「否」というものであった。秀吉は、蔚山城の戦いで敵を追撃しないどころか、それらの城を放棄すると述べてきたことを激怒し、黒田長政らを譴責し、竹中隆重《たけなかたかしげ》、毛利《もうり》高政《たかまさ》らを帰国させて謹慎処分とし、やがて領地を没収したのである。きっと諸将は、この措置に心底うんざりしたことだろう。また、三成ら軍目付は、武将たちの恨みを買うことになり、これが後に豊臣政権分裂の要因となっていく。

そんな天下人秀吉は、同年八月十七日、六十二歳の生涯を閉じた。しかし豊臣政権は、朝鮮で泥沼の戦いをしている日本の諸将に、この衝撃的な事実を知らせなかった。秀吉の死は秘匿され、遺体は密かに京都東山の阿弥陀峰に埋葬された。だが、やがてその死は噂として広がり、日本の武将たちは戦意を失い、逆に敵軍は勢い付いていった。徳川家康はじめ豊臣政権の首脳部は、朝鮮半島からの撤退を決め、現地の武将たちに通達した。

こうして前後あわせて六年に及んだ朝鮮出兵は終わりを告げたが、この無謀な戦争は朝鮮半島に大きな被害を与え、なおかつ明の国力を衰えさせた。さらに、豊臣政権の衰亡の最大の要因となってしまったのである。

西生浦倭城へ

私は最もよく残存しているという加藤清正の拠点だった西生浦倭城へ行ってみることにした。まず釜山駅から釜田駅まで行き、そこから西生浦倭城の最寄りである南倉駅まで向かうことにした。ところが一時間に一本しか電車がなく、出発まであと三十分もある。そこで切符を購入したあと、駅ナカのダンキンドーナツで朝食を済ませ、電車が来るホームに向かった。改札もなく直接ホームへ行けてしまった。さらに電車内で駅員が切符をチェックするわけでもなく、南倉駅で切符を渡すわけでもなかった。つまりキセルが出来てしまうのだ。乗客を信頼しているわけだが、これにはさすがにビックリした。といっても、韓国の交通費はとても安い。一時間乗ってたったの三百円だった。しかも風光明媚な山や海が列車から見え、ちょっとした観光気分だった。

だが、南倉駅についてからが困った。駅から城まで車で十五分かかるのだが、バスやタクシーがゼンゼン来ないのだ。困っていると、なんと、駅員が私が日本人と察したらしく、タクシーを呼んでくれたのだ。ありがたい。こうして車で走ること十五分。最後は山がちな田園地帯を抜け、高台でとまった。下りた瞬間、目を疑った。見事な日本式の石垣がずっと続いていたからである。

ただ、ここはまだ城の端っこであることが入口の地図を見て理解できた。縦に細長い城で、ここから本丸までは山道をかなり登らなくてはならないようだ。そんなことを思いながら、熱心に地図を見ていたら、係員の人が近づいてきて「日本からいらっしゃったのですか」と声をかけられた。流ちょうな言葉だったので、「お上手ですね」と褒めたら、「私は日本人です」と言われた。正直、こんな田舎の城に日本人の職員がいると思わなかった。

しかし聞いてみると、この城は桜の名所であり、九州から春になると大勢の日本人がやって来るという。日韓関係は冷え切っているが、けっこう日本人の観光客が多いようだ。今回、駅で困ったり、迷ったりしていると、日本語ができる韓国人にいろいろ親切に教えてもらった。韓国というと、全員が反日であるようなイメージを抱いていたが、それはまったく誤った認識だった。私のほうがマスコミに毒されていたのである。

一番心に残ったのは……

日本人係員の方は非常に歴史に詳しく、さまざまな逸話を教えてくださった。その知識を持って山道を二十分ほど上がっていったが、途中、すばらしい石垣や虎口《ここう》、曲輪《くるわ》などがあり、ほとほとその見事さに感心した。これだけの城をつくるのに、いったいどれほどの労力が必要になったのだろうか。

西生浦城本丸からは周囲が一望できる。この城では大きな戦いはなかったが、常時七千人ほどがたむろし、清正が蔚山城で危機に陥ったとき、一万三千がこの城に集結し、毛利秀元を大将として蔚山へ向けて出陣したのである。

下山した後、先ほどの日本人職員に、ぜひ蔚山城へ行きたいのだが、どうすればよいかと尋ねた。すると「タクシーなら三、四十分ですよ」と教えてくれた。しかも値段も二千五百円程度だという。城から十分ほどくだると大通りの街中に出るが、教えてもらったところへいくと、タクシーの停車場があり、運良く一台とまっていた。

こうして海沿いの工場地帯を抜けて蔚山へ行った。蔚山は、西生浦倭城のある地域とまったく異なり、近代的なビルが建ち並ぶオシャレな町だった。思っていたのと大きなギャップがあり、むしろ新鮮だった。ただ、先の職員からも忠告を受けていたのだが、蔚山城は庶民憩いの公園になってしまっており、ところどころに石垣がなければ、到底、城であることは気づかない。そして子城台公園同様、なぜか健康器具がたくさん設置されている。戦国のその昔、ここで日本軍と明・朝鮮の連合軍は激しくぶつかりあい、数千の人びとが命を落としたとは思えぬ静けさであった。

さて、困ったのは帰りである。蔚山城から二十分ほど歩いて駅に行ってみたところ、あと二時間電車がないというのだ。そこで他に釜山への戻り方がないかと観光案内所に入ってみたら、ここにも流ちょうに日本語ができる方がおり、高速バスで戻る方法を教えてくれたうえ、かなり離れたバスターミナルまで案内してくださった。こうして無事、明るいうちに釜山に戻ることができた。

二泊三日の駆け足の韓国取材だったが、一番心に残ったのは倭城ではなく、意外にも韓国の人びとの温かさであった。

西生浦倭城跡。
現在もこのような見事な石垣が残っている。

第九章

小説の旅

鳥居三十郎との出会い

私は二〇一六年三月三十一日付で、文教大学付属中学校・高等学校を退職し、一介のフリーランスとなった。翌四月一日付で、私は自分のブログに次のような挨拶文を書いた。

「昨日三月三十一日をもって、文教大学付属中学校・高等学校を退職いたしました。非常勤時代を含めて三年間、大変お世話になりました。生徒や教職員の皆様には、とても温かく受け入れていただき、楽しく勤務できました。心からお礼申し上げます。

本日より多摩大学客員教授・早稲田大学非常勤講師として、大学生を相手に教育活動をおこなっていきます。多摩大学ではゼミを持ち、地域史や歴史から学ぶ経営のヒントなどの講義をします。早稲田大学は五年目に入りますが、今年も社会科教育法歴史的分野を担当します。

執筆活動に力をいれます。ノンフィクションに加え、マンガの原作や小説にも挑戦しようと思っています。八本の連載も締め切りを守って書いていくつもりです。

講演活動を増やします。これまで日曜日や長期休業中しかできなかった講演を、平日も含めて日程が許すかぎり引き受けます。企業や自治体の研修、大学、教育機関、市民向けの歴史講座をおこなっていきます。お呼びがかかれば、テレビやラジオ等に出演いたします。

とにかくやりたいことは山ほどあり、増えた自由時間を有効につかいながら、精力的に活動していくつもりです。今後ともなにとぞよろしくお願いいたします。　河合　敦」

こうして坂本龍馬が土佐から脱藩したように、私も組織から完全に離れ、独立して生計を立てる道を選んだ。ときに五十歳。まだ定年まで十年もあった。ただ、これまでの実績からいって、十分に作家活動や講演活動で暮らしていける自信を持っていた。

ところが、である。

いざ独立してみると、とたんに恐ろしくなってしまったのである。これからも仕事の依頼が継続的に舞い込んでくるのだろうかと、強い不安感にさいなまれるようになった。定期的に収入があることが、これほど人の精神を安定させるものかと、改めて実感した。いずれにせよ、私はどんな些細な仕事であっても、ことごとく引き受けるようになってしまった。その結果、現役教師時代をはるかにしのぐ、目の回るような忙しさとなった。

独立して二年目の二〇一七年は、監修を含めて十九冊の書籍を出版し、八本の連載をこなし、三十回を超えるインタビュー取材を受け、七十回の講演会と四十回のテレビ・ラジオ出演を引き受け、さらに多摩大学と早稲田大学で講義をした。これほど多くの仕事をいただけるのはありがたいことだが、一人の人間がこなす分量の限界をはるかに超えている。

「さすがにこのままでは、過労死してしまう……」

そう思うようになり、二〇一八年からは、自分がやりたい仕事だけを選ぶことに決めた。連載は八本から二本に減らし、本やテレビの監修は原則すべて断り、テレビやラジオもその内容をきとんと選んで引き受けることにした。それでも現在、かなり忙しい状態だが、これからはなるべく時間をかけて、人びとの心に残る作品を作っていこうと考えている。

そのジャンルの一つとして考えているのが小説分野である。

私が歴史の世界に入ったのは、別項で述べたように、高校時代に司馬遼太郎の『竜馬がゆく』（文藝春秋社）を読んだことがきっかけであった。その後、青山学院大学の史学科を出て東京都の日本史の教員として採用されたものの、配置されたのが町田養護学校だったことで、歴史を教えることはできず、欲求不満から郷土史研究に力を注ぎ、新人物往来社の郷土史研究賞で賞をいただき、それから歴史作家の道を歩むようになった。

以後、二十年にわたって多くの本を出してきたが、すべてノンフィクションであった。ただ、心のどこかに、司馬遼太郎のような歴史小説を書きたいという思いがあった。それが突然、独立してすぐに叶うことになったのである。

鳥居三十郎を主人公とした歴史小説を出版できることになったのだ。

「鳥居三十郎?」

歴史通であっても、おそらく読者諸氏は、首をひねる人が多いだろう。正直にいうと、二年前まで私もこの青年の存在をまったく知らなかった。

私は、あるビジネスマンの会合で定期的に講演会をしているが、毎回参加してくださる年配の男性がいる。その人は、講演会後の懇親会でいつも私に「小栗忠順《おぐりただまさ》について書いてよ」など、知名度はそれほど高くないが、見事な生き様をした歴史人物の執筆を薦めてくるのだ。

二年前の講演会でも、彼は私に「河合先生、いつか是非『とりいさんじゅうろう』について書いてよ」と言ってきたのである。私は盃を片手に笑顔でうなづいたが、そんな名前の偉人など聞いたこともない。ただ、何か心にひっかかるものがあったのだろう、その名を何度か反芻し、自宅に戻ってインターネットで検索したところ、それが、幕末における村上藩の家老であることが初めてわかった。しかも、この人物の生き様を知り、ぜひとも鳥居三十郎の評伝を書きたいと思うようになったのである。

混迷する村上藩

三十郎が家老をつとめる村上藩は、越後五万石の譜代大名の家柄である。ただ、譜代といっても徳川家康の異母弟・内藤信成《ないとうのぶなり》を藩祖としているので、徳川宗家を慕う傾向が強く、鳥羽・伏見の戦いで旧幕府軍が新政府軍に敗れてからも徳川に心を寄せる藩士が多かった。

しかし、江戸にいた村上藩の最大実力者で前藩主の内藤信親《のぶちか》は先見の明があり、一貫して新政府への恭順姿勢を貫き、国元の藩士にも新政府に従うよう家老たちに厳命していた。

けれども国元の家老たちは、主戦を叫ぶ藩士たちをまとめあげることができず、困ったあげく、若い家老の鳥居三十郎を江戸へ派遣し、信親と現藩主・信民《のぶたみ》（十八歳）の帰国を強く願ったのである。

ところが信親は、前将軍徳川慶喜から江戸城の留守居役を命じられていることを理由に帰国を強く拒んだのだ。おそらく主戦派を説得する自信がなかったのだろう。このため、少年藩主の信民だけが帰国することになった。しかも信民にとっては、これが初めてのお国入りであった。

だが、いざ信民が村上に来てみると藩士たちの多くは主戦に傾き、いくら信民が新政府への恭順を諭しても言うことを聞いてくれない。なおかつ、会津藩や庄内藩などの圧力もあって、とうとう村上藩は新政府に敵対する奥羽越列藩同盟にくわわってしまう。それでも信民は家中をまとめようと努力するが、藩士たちは主戦派と恭順派に分かれて激しくいがみ合うようになってしまった。

さらに一八六八年六月になると、恭順派の家老である久永惣右衛門らが失脚し、主戦派の鳥居三十郎が実権を握ったのである。驚くことに惣右衛門は、三十郎の義父（妻の実父）

にあたった。親族が対立するこの一時を見ても、いかに藩内が混迷を深めていたかがわかるだろう。ただ、新政府軍と鉾をまじえる奥羽越列藩同盟軍は、次第に劣勢に陥っていった。こうした状況と藩内の混乱に懊悩した信民は、七月十五日、なんと自ら命を絶ってしまったのである。

にわかに主を失った村上藩士たちだが、その後も両派の対立は続いた。これを案じた江戸の内藤信親は、ようやく国元へ向かうと江戸を出立する。が、すでに東北における戊辰戦争は佳境をむかえ、交通が阻害されて村上に入ることができず、戊辰戦争が終わるまで信濃国岩村田藩に足止めされてしまう。とはいえ、海路などを用いて村上領に入るのは不可能ではなかったから、信親は国元の家臣たちを説得する自信がなく、道が閉ざされたことを理由に、あえて領内へ入らなかった可能性も考えられる。

七月末になると、隣国の新発田藩がにわかに新政府方へ寝返り、新政府軍が新発田に続々と集結してきた。こうしたなかで村上藩でも動揺が広がり、急速に恭順派が力を持ち始めてくる。そうした弱気をくじくため、酒井正太郎率いる庄内藩軍が村上城下へ入り込み、城下で軍事演習をするなどしてデモンストレーションを繰り広げ、牽制をおこなった。

庄内藩は村上藩と同じく譜代の家柄で、藩祖酒井忠次《さかいただつぐ》は徳川四天王の一人であり、尚武《しょうぶ》の風が強かった。

しかし、いよいよ村上を征服すべく新政府の大軍が藩境に迫ってくると、城下はたいへんな混乱におちいり、援軍として来た酒井ら庄内藩軍も「これではとても、村上藩軍と共に戦えない」とあきれ果て、城下から去ってしまった。

新政府軍の侵攻

――八月十一日、ついに新政府軍が村上藩領に攻め込んできた。このとき村上城の鐘が激しく打ち鳴らされた。この合図で城下の桜馬場に全藩士たちが集まってきた。すでに藩士たちの大勢は、無条件降伏に傾いていた。それを見てとったリーダーの三十郎は、藩士たちに向かって「その去就は各自に任せる」という驚くべき言葉を発した。そして、新政府軍に抵抗したい主戦派だけを引き連れて、なんと隣国庄内藩へと去ったのである。

いっぽう、恭順派の村上藩士たちは城下を離れ、郊外や山中に身を潜めた。新政府軍の兵士に何をされるか不安だったからだ。村上城はこのとき、藩士の手によって焼き払われた。新政府軍は同日、誰もいなくなった城下へ入り込み、さらに焼失した村上城を占拠した。

しばらくして、新政府軍が自分たちに危害を加えないことがわかると、村上藩士たちは続々と新政府軍に投降していった。ただ、武家の習いとして、恭順した村上藩士たちは、今度は新政府軍の先鋒となり、朝敵である庄内藩への攻撃に動員された。

一方、庄内藩へ逃れた鳥居三十郎率いる主戦派村上藩軍は、庄内藩軍と合流した。そして、村上方面から襲来する新政府軍を迎え撃つべく、山中に塹壕を掘って待ち構えていた。ところがやって来た敵の先鋒は、村上藩士であった。こうして村上藩では、同士討ちという悲劇が起こってしまったのだ。しかもこのとき、仲間に殺された新政府方の村上藩士が出た。むごいことである。

その後、主戦派村上藩軍は、庄内領の南端海側の砦・鼠ヶ関《ねずがせき》の守備を任された。八月後半から数度にわたって新政府軍が国境を突破しようと、この鼠ヶ関に激しく攻めかけてきた。けれども、主戦派村上藩軍は、庄内藩軍と力をあわせて奮戦し、ついに敵を一歩も中へ入れなかった。

しかし、九月半ばになると、奥羽越列藩同盟諸藩はすべて降伏してしまい、戦い続けているのは庄内藩だけになった。もう結末は見えている。このため庄内藩は、戦闘では敵軍に負けないまま、降伏をせざるを得なくなったのである。当然、三十郎たちも庄内藩に居続けることができなくなり、仕方なく村上藩へ戻った。

鳥居三十郎の功績

東北戦争後の村上藩だが、新政府が村上城下へ攻め入ったとき、藩士たちは無抵抗で降伏し、前藩主の内藤信親も一貫して新政府方につくよう指示していたことから、内藤家は本領を安堵された。そのうえ他藩とは異なり、城下での戦争もなく無傷のままだった。

これはある意味、主戦派だけを率いて村上城下から去った三十郎の功績ともいえた。

ただし、奥羽越列藩同盟に加担し、なおかつ主戦派が新政府に抵抗したことに対する責任は誰かが取る必要があった。こうして戦犯には、鳥居三十郎が指定された。自ら申し出たのだと伝えられる。帰国後、寺院に幽居していた三十郎は、一八六九年三月に江戸へのぼり、新政府の判決を受けた。

村上において刎首《ふんしゅ》というものであった。こうして六月初めに三十郎は殺されるために村上へ戻った。ただちに処刑されるはずだったが、なかなか刑は執行されない。多くの藩士たちが三十郎に強く同情しており、彼を殺せば藩内で抗争が起こりそうな状況があったからだ。新政府が執行報告を求めてきたが、村上藩は苦し紛れに「執行済」とウソをつくほどであった。

結局、六月二十一日に刑が断行されることに決まったが、当初の刎首ではなく、切腹に変わった。名誉ある死に方をさせることで、藩内の動揺を防ごうとしたのであろう。ところが、である。その前日、恭順派の中心人物であった江坂與兵衛《えさかよへい》が、何者かによって自宅で暗殺されたのだ。

これにより三十郎の処刑は三日間延長されたが、結局、六月二十四日に、すべての責任を負って粛々と切腹して果てた。

この英雄を書いてみたい

そんな若き家老の死に様に、私の関心は一気にふくらんだ。

昔から私は、なぜか若くして死んだ英雄に惹かれる傾向があった。

小学生時代のブルース・リーに始まって、坂本龍馬、吉田松陰、土方歳三など、鮮やかな光を放ち、彗星のように一瞬にして消えた男たちに魅力を覚えた。自分自身も短く燃えるように太く短く生きたいと願った時期もあった。

だから鳥居三十郎の生涯を知って、この英雄をぜひとも書いてみたいという強い衝動に駆られたのだ。けれど、すぐ冷静さを取り戻し、書く気が失せてしまった。だってそうだろう、鳥居三十郎なんて全く知名度はない。私が多くの本を出しているからといって、出版社だって商売だから、とてもこの企画が成立するとは思えなかった。

しかし運命とは、不思議なものである。

執筆を断念したかけたころ、たまたまある編集者と久しぶりに会うことになった。KADOKAWAで私の本を何冊も手がけてくださったベテランで、新泉社という出版社に転職されたという。

その編集者は、ぜひうちの社から一冊本を出してくれませんか」と依頼してくれたのである。

「どんな内容でもよいの？」そう尋ねると、はっきり首を縦に振ってくれた。

そこで私は、鳥居三十郎について熱く語った。すると「ぜひ出しましょう」と言ってくれたのである。私はこれまで二百冊近い著書を出してきたが、こうしたチャンスはあまり訪れたことがない。採算を度外視した企画が通るほど今の出版業界は甘くない。逆にいえば、いきなり大きな幸運が向こうから飛び込んできたことになる。

喜んだ私は、すぐに三十郎に関する史料を集めはじめたが、しばらくして行き詰まってしまった。まだ幕末の出来事だというのに村上藩に関する史料が少ないうえ、肝心の三十郎についても簡単な伝記と短期間の事務的な日記ぐらいしか残っていなかったのである。

もちろん、それは東京での話だ。「現地に行けば、郷土の史料や伝承が多く残っているかもしれない」、そんな期待を抱いて、二〇一六年十二月に新潟県村上市へ出向いた。実際、三十郎が暮らしていた村上という城下町をきちんと取材しておこうという気持ちもあった。

三十郎がいた村上へ

新潟から村上への便は悪い。急行電車は一時間に一本程度しかない。だから自宅から四時間半もかかった。村上駅の改札を抜けると、すぐ目の前がロータリー広場になっている。二階建ての櫓のような大きなモニュメントが目に飛び込んできた。櫓には「瀬波《せなみ》温泉　村上駅」と書かれている。広場の左手に観光案内所があったので、すぐにそこに飛び込んで案内係の方から可能なかぎり情報を集めた。新しい発見や手がかりがあると期待したのだ。しかし残念ながら事前に調べた以上の情報は手に入らなかった。

その後、すぐに塩町の安泰寺《あんたいじ》にタクシーで向かった。この寺は三十郎が切腹した地である。事前にご住職とは連絡をとってあり、直接お話をうかがう約束をしていた。

門前には「鳥居三十郎先生　菩提寺」と記された木標が立っていた。それを目にした瞬間、急に気持ちが引き締まった。本堂の居間で住職からお話をうかがい、現在は境内の庭の一部となっているが、当時三十郎が切腹したあたりだと思われるところに案内していただいた。そこには供養のための石塔と、三十郎の辞世の句碑が建っていた。「ここであの三十郎が最期を迎えたのだ」という感慨がにわかにこみ上げ、感無量となった。

安泰寺を辞し、タクシーを捕まえるため大通りに出た。すると、「イヨボヤ会館　こちら」という奇妙な看板が目にとまった。「イヨボヤ」とカタカナで書いてあり、それがいったい何を意味するのかがとても気になってしまい、ついついそちらのほうへ歩いて向かってしまった。

やがて見えてきた会館の姿に、私は度肝をぬかれた。和風の瓦屋根の大きな建物だが、外壁がピンク色であるうえ、十メートルはあろうかと思われる巨大な鮭が建物の正面にくっついている。イヨボヤとは、鮭を呼ぶ村上地方の方言で、この会館は日本で初めての鮭の博物館なのだそうだ。

じつは村上と鮭の関係は古い。古代より秋になると村上地方を流れる三面川《みおもてがわ》に無数の鮭が遡上し、平安時代には朝廷に献上した記録も残っている。村上は由緒ある鮭の特産地なのだ。村上を統治してきた歴代の藩にとっても、鮭漁は大きな財源の一つだった。毎年秋になると漁場の入札がおこなわれ、その収入で藩庫は大いにうるおった。

ところが江戸時代も中期になると、乱獲のせいか漁獲量が急に減少してしまう。それを救ったのが、藩士の青砥武平治《あおとぶへいじ》であった。彼は鮭が生まれた川に戻って産卵する習性に着目し、三面川に分流（種川）をつくり、鮭の人工ふ化増殖を成功させたのである。これは世界で初めての例で、カナダで開始されたふ化事業の百四十年前の出来事であるといわれる。このように産卵場所を確保し、稚魚の保護に取り組んだことから、しばらくして安定的な量が捕獲できるようになり、税収が二千両を超える年も珍しくなくなった。

獲れた鮭を、村上では塩引きにすることが多い。ただ、よく見かける塩漬けの新巻鮭とはつくり方がゼンゼン違う。内臓を取り除いて塩漬けにした鮭を水中に入れて塩を抜き、さらに軒下につるして乾燥・熟成させるのだ。それが、村上名産、塩引き鮭である。だから秋から冬にかけて村上城下に行くと、多くの家の軒下にはずらりと鮭が尻尾からつるしてある。塩引き鮭は酒浸しといって、その身を薄くスライスして酒に浸し、肴として出てくることが多い。土産として買って食べてみたが、格別なコクがあって飯がすすむ。まだ食べたことのない方にはぜひおススメである。

イヨボヤ会館という思わぬ寄り道をしてから、私は図書館へと向かった。案の定、郷土資料はかなり沢山あった。ただ、申し訳なかったのは、膨大な資料のコピーを図書館の方にお願いしなければならなかったことだ。村上市図書館の規定で入館者は自由にコピーできず、職員の人が指定されたページをコピーすることになっているのだ。結果、三時間ちかくにわたって三十冊近い資料をコピーしてもらうことになってしまった。この作業を待っているあいだに夕方になり、この日の取材を終わりにせざるを得なかった。

三十郎の墓所にて

翌日は、早朝から臥牛山《がぎゅうざん》にのぼった。通称をお城山ともいう。この山頂にかつて村上城があったからだ。三十郎の時代、藩主の館や政庁は山麓に置かれるようになっていたが、山の上にはいくつも立派な建物が建っていた。戦国時代は本庄繁長《ほんじょうしげなが》が主君・上杉謙信に反旗を翻し、村上城に立て籠もって謙信の攻撃をしのぎ続けた。名城であることは、麓から眺める傾斜の激しさからもよくわかる。

城の入り口からつづら下りになった急坂を進んでいくと、途中で「熊注意」の看板があり、出会う人がみな鈴をつけている。にわかに恐ろしくなり、息を弾ませて先を急ぐと、見事な石垣が見えてくる。さらに行くと同じような城の石垣が次々と現れ、およそ二十分もすると頂上（本丸）に到達する。これほど見事な城郭跡が村上にあること自体、あまり知られていないだろう。しかも本丸跡からは城下一帯のみならず、煌めく大海原が広がり、そのはるか彼方に佐渡島がかすんでいる。まさに絶景であった。

臥牛山を下りて今度は三十郎が眠る宝光寺《ほうこうじ》へ向かった。時間ははっきり覚えていないが、少なくても三十分以上はだらだらと歩いた記憶がある。切腹した三十郎の亡骸は、すぐにこの寺に運ばれて埋葬されたという。寺には先に述べた鮭の養殖で有名な青砥武平次の墓所もある。本堂の脇を抜けて階段を上がると、古いお堂がたたずみ、その裏手にずっと山道が続き、両側に無数の墓石が並んでいる。苔むした墓石や倒れた石塔も少なくない。

さらにしばらく進んでいくと、高さ三、四メートルの「鳥居三十郎先生御墓所」というプレートのある白い鉄塔が建っている。太さはちょうど道路に立つカーブミラーの鉄棒ぐらいで、一九六八年の三十郎の百回忌に建てられたもので、半世紀を経て鉄さびが浮き出ている。その真横にある恵昭院文明憲徳居士と刻まれた石が三十郎の墓であった。お彼岸でもお盆でもないので墓地を訪れる人もなく、まさに生きている存在は私だけだった。

そんな音のない死者の世界にたたずんでいると、不思議に気持ちが落ち着いてくる。ただ、このときはとくに感慨はわき起こってこなかった。手をあわせた後、私は宝光寺を後にして「おしゃぎり会館（村上市郷土資料館）」へ向かった。疲れたのでタクシーを拾おうと大通りを進んだが、ついに一台も出会うことなく一時間弱で現地に着いてしまった。すでに歩き続けて足はパンパンに張っている。

ちなみに「おしゃぎり」とは、村上大祭（村上市羽黒町にある西奈彌羽黒神社の例大祭）で曳き廻される屋台のことで、会館内には三台の美しい屋台が展示されている。この村上大祭の屋台行事は、近年、重要無形民俗文化財に指定された。そんなおしゃぎり会館には、鳥居三十郎の遺品が展示されているのである。鳥居家の太刀、三十郎の財布、印鑑などがガラスケースの中に陳列してあり、それを目にしたとき、はじめて人間としての三十郎の体温に触れた気がし、私の中の三十郎のイメージが一気に膨らむのを感じた。

おしゃぎり会館のすぐ近くには、まいづる公園があり、園内にいくつも古い住宅が展示されているので拝観した。江戸時代の村上藩の状景を描く際に参考になると考えたからだ。案内してくれた人からいろいろと村上藩について聞いたことで、相手も私に親しみを持ったようで、「もう瀬波温泉に行ったか」と聞かれた。「かなり駅から遠く、今日帰るので行けそうもない」と答えたら、なんと、自分の友人にその場で電話をしてくれ、その人の車で温泉まで連れて行ってくれたのである。村上の人の暖かさに触れた瞬間であった。大きなホテルの大浴場だったが、千円払えば誰でも入浴が可能とのこと、しかも浴場がいくつもあるのに、午後三時という半端な時間だったためか、客は私一人しかおらず、美しい海を眺めながら、至福の時を満喫することができた。

ただ、衝撃だったのは帰りの足がなかったことだ。ホテルの巡回バスは午前中に終わってしまっており、公共バスしかないという。そこで大通りに出てみると、ちょうどバスは行ってしまったばかりで、次は一時間近く後になる。しかも運の悪いことにタクシーがしばらく待っても全く来ない。そこでしかたなく、一時間近くかけて徒歩で瀬波温泉から村上駅まで歩くことになり、すっかり湯冷めしてしまった。

こうして歩き通した村上での一泊二日の取材旅行は幕を閉じた。

ノンフィクションと小説の違い

帰ってきて村上市の図書館でとった大量のコピーを読み直してみたが、正直、期待していたシロモノではなかった。これでは、とてものこと鳥居三十郎を一冊の評伝にするのは難しい。残念ながら断念するしかないと判断した。そして正直にその事実を担当編集者に切り出したところ、「わからないなら、小説にすればいいじゃないですか」と、思ってもみない提案をされた。

私は歴史作家であるが、先述のとおり、これまで出した作品はすべてノンフィクションである。小説なんて一度も書いたことがないのに、よくもまあ、言ってくれたものである。しかし、先に述べたように、もともと司馬遼太郎の『竜馬がゆく』から歴史の世界に入ったこともあり、その提案は私にとっては極めて魅力的なものに聞こえた。

すでに自分も知命を過ぎたことゆえ、そろそろ小説なるものが書けるのではないか、という妙な自信もあり、その場で提案をあっさり引き受けてしまったのである。

が、それからが、塗炭の苦しみであった。

史実と史実の合間をフィクションで埋めていけばよいとわかっていながら、読者の心を揺り動かし、あるいは、手に汗にぎる話を創作することができないのだ。

書きはじめて実感したのは、小説というものは、作者の心にある思いと記憶を文字化する作業であるということだ。だから私の歴史意識、個人の思想、社会に対するさまざまな見方、女性観や性癖にいたるまで、すべてを晒さなくてはならない。

まことに奇妙な話をするが、私は生まれてこのかた、人生で大きな不幸を経験したことがない。たぶん、相当に幸福の部類に入る人間だと思う。大病もなく、家族や友人にも恵まれ、他人にだまされたり、ひどい裏切りにあうこともなかった。そのためか憎悪や嫌悪など、あまり他人に対して激しいマイナス感情を抱くことができない。他人を平気で傷つけたり、コソコソ不倫を楽しむのも無理。自分で言うのもヘンだが、簡単にいえば、とても「良い人」なのである。

そんな善良な中年男の頭のなかから、激動の幕末を生き抜いた若者たちのドラマを紡ぎ出すことなんて、土台、無理な話なんだ。そう、何度も小説の執筆を断念しかけた。

が、他方でそれとは別の自分が、「こんなチャンスを本当に投げてしまっていいのか」と叱咤する。

こうしたせめぎ合いのなか、あっという間に締め切りの日が過ぎてしまった。しかし担当編集者は私を見捨てず、彼女に励まされつつ、それから半年後に、どうにかこうにか初めての小説が形になった。

でも、まだ決定的な何かが足りない気がして、出版社に原稿を渡す前に、私は再び村上市に足を向けることにした。

三十郎の最期の部屋

二回目の取材は、足が棒になった経験から自家用車で行くことにした。ただ、自宅から村上市までは遠く、休憩を入れると五時間以上かかってしまった。前回の温泉が素晴らしかったので、今回は瀬波温泉の大きなホテルに泊まった。そこから見た夕陽の美しさは、たぶん生涯のうちで一、二を争う美しさであった。

今回の取材の目玉は、村上市郊外の本門寺《ほんもんじ》である。

前回の取材でどうして気づかなかったのかわからないが、じつは三十郎が最期にいた部屋が現存していたのである。大正時代に安泰寺からこの本門寺に移築されていたのだ。三十郎が最後の一月を送り、自害をとげた部屋を見ることで、私は初めての小説に終止符が打てる気がした。

今回はまったくアポもとらずにいきなり車で本門寺へ出向き、部屋の拝観を願い出た。すると、人の良さそうなご住職夫妻はこころよくそれを承諾してくださり、本堂の前に続く三十郎の間に入れてもらうことができた。

室内はひんやりと涼しく、シンと静まり返っている。

床柱が切断されているのが、大正時代に移築された証拠であろう。

十畳ほどの部屋だが、柱や貫が太く風格があり、さらに驚くほどに天井が高い。

床の間には、真ん中に釈迦涅槃図がかかり、右に南無妙法蓮華経と書かれた掛け軸、左手に和歌がちりばめられた掛け軸がかかる。

私は部屋の真ん中にあぐらをかいて、しばしたたずんだ。

座って掛け軸のさらに上へ目を転じると、「国家」と大書された額縁がかかっていた。まさに戊辰の東北戦争は、新しい国家が生まれるにあたっての激しい陣痛だといえた。その痛みに絶えきれずに村上藩主は自ら命を断ち、藩士たちは二派に分かれて対立をはじめた。迫り来る新政府の大軍――そんな絶対絶命の窮地において鳥居三十郎という若者は、主戦派だけを引き連れて城から脱し、敵に一矢報いる決意をしたのである。この部屋にたたずんでいるうち、そんな三十郎の思いが伝わってきた。

誰もが想像だにしない、見事な秘策だと思う。しかも、庄内藩鼠ヶ関において三十郎率いる村上藩軍は、すさまじい活躍を見せ、ついに終戦まで敵を寄せつけず砦を守り切った。武士の意地を見せたのである。

「去年の秋さりし君のあと追ふて
　ながく彼の世に事まつらむ」

切腹の間にたたずみながら、三十郎の辞世の歌の一つが、ふと頭に浮かんできた。

君とは、自裁した若き村上藩主内藤信民のことである。

きっと鳥居三十郎は、あの世で自分の秘策を得々と信民公に語ったのではないか、そんな穏やかな場面が自分の脳裏に静かに上がってきた。

いずれ人は、死ぬ。だからこそ、どう生きるかではなく、どう死ぬかを考えるべきなのかもしれない。そのためなら私は死んでもかまわない——そんな死にがいを見つけた人は幸せである。

二十九年という短い生涯ではあったが、私は、鳥居三十郎という若者は、死にがいを見つけた一人ではなかったか、そう思えてきた。

本門寺のご住職は、何人もの郷土史家の方を紹介してくださり、私は急遽、電話で、あるいは直接会ってお話を聞くことができた。そういった意味では、ご住職との出会いがなければこの小説は完成しなかったかもしれない。

仏海上人との出会い

この取材では、もう一つ、衝撃的な出会いがあった。

仏海上人《ぶっかいしょうにん》である。この仏僧は、日本で最後の即身仏だ。村上城下の商家に生まれたが、十六歳のときに背負っていた近所の子を落とし、死なせたと思い、ショックのあまりそのまま出家した。以後、湯殿山などで厳しい修行をおこない、一八六三年あたりから木食行《もくじきぎょう》をはじめた。五穀を絶って木の実や草だけで命をつないだのである。

この時期は、庄内藩の一寺に住んでいたが、明治維新後は村上に戻り、観音寺の住職となった。それからの仏海はお布施などはすべて貧しい者や役場に寄附するなどして多くの人びとを救い、晩年になると漆を飲み始めた。即身仏になるべく、体内から腐蝕を防ぐためであった。そして一九〇三年に入定したのだった。

遺体は三年後に引き上げて欲しいと遺言したが、法律的に禁止されており、その願いは果たされなかった。しかしそれから五十七年後の一九六一年、ご遺体は土中から引き上げられ、観音寺に安置されたのである。

私はたまたま取材のときに仏海上人のことを知り、観音寺を訪ねた。そしてそのお姿を見たとき、ふとひらめいた。ちょうど仏海は幕末に庄内藩におり、木食行をはじめている。そこで小説にこの人を登場させることにした。仏海と三十郎が庄内藩で親交をふかめ、三十郎が死ぬときその引導を渡してやり、死ぬゆく三十郎に代わって仏海は村上で生きる決意を固め、人びとの行くすえを生きて見守ることにするという設定にしたのだ。

具体的には、次のようなやりとりを挿入した。

月代と髭を剃り、三十郎は見違えるような若武者に戻った。

その後、大町の呉服店で新調した純白の帷子、麻の裃を身につけた。

すると、まもなくふすまが開き、一人の老人が顔を見せた。

真っ黒に日焼けした痩身にボロボロの法衣をまとい、頭に布帛を巻いていた。おそらく白い麻布だったはずだが、完全な灰色に変じていた。

「久しぶりじゃのう、三十郎!」

甲高い声を上げながら、真っ白な口ひげとあご髭の間から黒光りする歯を見せた。相も変わらず、とても澄んだ優しい眼をしていた。

「仏海上人!」

意外な邂逅に、思わず三十郎は喜びの声を上げた。

「わざわざ、おいで下さったのですか」

「ああ、お前さんに引導を渡しに来たんだよ」

そう言って、美しく装飾された脇差しを懐から取り出して三十郎に渡した。

「こ、これは……」

「そうじゃ、亡き内藤信親公が御腹を召したさいの形見の品ぞ。藤翁公が金工であるわしの実弟・平助に修理を依頼したもの。数日前、村上の実家にこれが届いた。弟から知らせを受け、わしがおぬしに届けにきたのじゃ」

三十郎は、藤翁の最後の配慮に深く感謝した。

「三十郎、わしはこの秋に入定する予定でおったがの、やめることにするわ。代わりにおぬしが死んでくれるからな。わしはおぬしの分まで生き、貧しき人、不幸な人、悲しき人を救い続けることに決めた。近いうち、故郷の村上に戻ろうと思うておる」

驚いた三十郎は、

「上人、考え直していただきたい。そんなことをされては心苦しい。これまであなたは入定のため、長年の苦行に耐え、そのうえ、数年間にわたって辛い木食行を続けてこられた。ようやく今年の十一月、満願のすえ即身成仏となられる御身。それを取りやめるというこ
とは、木食行がこれからも続くということ。地獄の苦しみではありませぬか」

「もう決めたことじゃ。お前がわしの代わりに死ぬ。だからわしは、衆生のために生きる。それがよい。城下は焼かれずに済んだが、おそらく、武士も町人も生きづらくなろう。おのしが救いの手を伸ばせぬゆえ、このわしが代わろうと勝手に思うただけ。これも修行じゃて」

説得して聞くような人ではない。

だから三十郎は、黙って深く頭を下げた。

「上人、これからの村上はどうなっていくのでしょうね」

「さあな、ただ、同郷の者が互いに殺し合う悲劇は、二度とあってはならぬ」

大きくうなずいた三十郎は、

「私も村上の行く末を見てみたかったなあ。お城を焼き、勝手に戦う道を選び、内藤家を窮地に追い込んだ私は、きっと大罪人としての汚名が残るのでしょうね」

そう笑った。

「かもしれぬな」

三十郎は、仏海と話していくうちに、この世における執着やわだかまりがおのずと薄らいで癒やされていった。

半刻ばかり話してから、上人は去っていった。

いよいよ、刑の執行の時間が近づいてきた。――

だが、この文章は
「未練たらしくなく、あっさり、死んだ方がよいです」
という担当編集者の意見にしたがって最終的に消すことにした。ただ、世に出ぬのは少しさみしくもあり、この本に載せておこうと思う。

不思議な縁に導かれ

二回目の取材を終えてまもなく、一人の女性から電話があった。本門寺のご住職から私の電話番号を聞いたという。

彼女は、宵の竹灯籠まつりの実行委員会をされていた。この祭は地域活性のため、村上城下の小路を五百本以上の竹灯籠でライトアップし、その幻想的な雰囲気のなか、さまざまな出し物をおこなうというもので、すでに十五回もの歴史があった。

彼女は今年の十月に実施される竹灯籠まつりで、私の小説の出版記念講演&サイン会したいというのだ。ありがたいことなので、すぐにお引き受けした。それにしてもずいぶん大事になってしまった。まだこの段階では小説は完成していなかった。つまり、ここまでに小説を刊行しなくてはいけない締め切りができてしまったのだ。

このイベントがなかったら、おそらく小説の出版はずっと後にずれ込んでいたか、あるいは結局書けなかったかもしれない。そういう意味で、企画をしてくださった宵の竹灯籠まつりの実行委員の方々には心から感謝している。

縁《えにし》というのは、つくづく不可思議なものだと思う。縁もゆかりもない鳥居三十郎という男に、本当にたまたま興味を持ったことが、多くの人の出会いにつながったのだから……。

当日の講演は、三十郎が切腹した安泰寺でおこなうことになった。果たして観客が来るのだろうかと心配したが、時間が近づいてくると、本堂には二百名近い方々が集まってくれ、部屋の中は熱気であふれるほどだった。三十郎の子孫、江坂與兵衛《えさかよへい》の子孫の方も来てくださった。

嬉しいのは、三十郎が着ていた真っ赤な陣羽織を、実行委員の方がわざわざ講演会場に運んでくれたことだ。この羽織は、三十郎が戦い抜いた鼠ヶ関で世話になった方に贈呈したものである。鶴岡市の公民館の持ち物であった。それを見た瞬間、胸が熱くなった。横に三十郎がいるような錯覚を覚えながら、私は夢中で彼の話をした。

翌日、三十郎切腹の間がある本門寺へうかがった。

ご住職夫妻にどうしてもご挨拶したかったからだ。

この方が村上の人たちに私のことを話してくれたことで、いまがあるからである。

帰り際、また三十郎が切腹した部屋に入れていただいた。

床の間には、私の小説が供えてあった。

それを目にしたとき、こらえていた何かがぷつりと切れ、恥ずかしながら、涙があふれてきてしまった。

ありがたい、と思った。

たぶん、この日のことは一生忘れることはないだろうし、この村上との縁をこれからも大切にしたいと思っている。

鳥居三十郎が切腹した安泰寺で講演する著者。

三十郎の講演は村上市の竹灯籠まつりの
イベントの一つとして行われた。

第十章

これからの旅

来る仕事は一切断らず

前項で述べたことだが、学校という組織から離れても、私は作家として十分暮らしていけると自信を持っていた。そして五十歳になった二〇一六年三月、他の人よりも十年早く高校の教員を退職し、フリーランスになった。

ところが定職を離れたとたん、得たいの知れない恐怖にとらわれはじめた。

すでに多摩大学客員教授という職にあったものの、大学の「客員教授」というのは正規の職員ではない。教授待遇をしてもらっているものの、ようは非常勤講師＝アルバイトなのだ。週に一回春学期に歴史の講座を一つ担当させてもらっているだけなので、到底、その収入だけでは生活できない。これに早稲田大学の講師料を加えてもそれは変わらない。

「本当にあと十年、家族を養っていけるだけの収入を稼ぎ続けることができるのだろうか」

そんなとてつもなく大きな不安がのしかかってきた。

フリーになることについては、すでに何年も前から熟慮していたはずなのに、なんとも情けないことである。よりどころをなくすことが、これほど恐ろしいとは思ってもみなかった。

そもそも作家稼業というのが、根無し草であることは重々承知していた。

明治時代、外交官を目指していた長谷川辰之助《はせがわたつのすけ》は、ロシア文学に傾倒するようになり、あるとき父親に向かって「文学の道にすすみたい」と言ったところ、「そんなことをするくらいなら、くたばってしまえ」と即座に怒鳴られた。その「くたばってしまえ」をもじって、辰之助は「二葉亭四迷」というペンネームをつけたという俗説がある。

でも今の私には、二葉亭四迷の父親の気持ちがよくわかる。現在でも文筆業は、親が子どもを叱りつけてでもやめさせたい不安定な職業だと思っている。

よく知られているとおり、出版業界はここ二十年以上、急激に縮小の一途をたどっている。出版社や書店の倒産や雑誌の廃刊が相次ぎ、本の初版部数も昔と比べると、半分程度になってしまっている。なのに刊行点数は、ふえる一方だ。それは、出版社が少ない部数でとにかく多種多様な本を出しまくり、そのうち好調な動きを示すものだけに宣伝費を投入し、大いに売ろうという戦略をとっているからだ。まるで賭け事のような商売だ。とはいえ、本がまったく売れない時代だから、それは、ある意味致し方ないことだろう。

それでも、新聞広告など宣伝費が投入できる会社はまだましで、ひしめく小さな出版社にはそれすら難しい。そうなると、極限まで本の製作費を削るしかない。当然、そのしわ寄せは著者にもやってくる。

本というのはかつて、印刷部数の十パーセントを印税として著者に支払うのが普通であった。が、近年は刷部数を減らすだけでなく、実際に売れた数、つまり実売部数しか印税を支払ってくれない出版社が増えてきている。また、著者への印税を五～六パーセントに減らす出版社もあると聞く。幸い私の場合、これまで実績があり、出す本も少しは売れるので「刊行部数・印税十パーセント」を維持しているが、売れなくなれば条件は下がっていくだろう。

すでに二〇一六年の独立時、私は監修や共著を含めると、二百冊近い本を出版し、この数年間は、毎年十冊ほどはコンスタントに本を刊行していた。だからこそ、大丈夫だと思って作家として独立したわけが、それでも出版業界がこんな状況ゆえ、「もし仕事の依頼が来なくなったらどうしよう」という不安が襲ってきたのだ。

このため独立してからは、来る仕事は一切断らずにかたっぱしから請け負った。その結果、先述のとおり、独立した年には連載が八本に増え、刊行した本（監修を含む）は十九冊に達した。

引き受けたのは、執筆の依頼だけではなかった。

テレビやラジオの仕事も選ばずにこなしていった。一瞬のコメント出演も含めると、出演は年間四十本ほどになった。

さらには、他の歴史専門家が出演する番組なのに、その先生が話す内容について、史実の確認やチェックするという監修の仕事まで引き受けるようになった。

意外だったのは、新しい分野の仕事が続々と舞い込んできたことだ。

それは、講演会である。自治体や企業、講演会仲介業者、カルチャーセンターなどからの依頼が殺到するようになったのだ。これほど歴史の話が人気があろうとは、正直、驚きだった。教員時代には、朝から夕方まで勤務していたので講演活動は難しかったが、フリーになってからは日程があいているかぎり引き受けた。こうして年間七十回も講演をするようになった。ダブルヘッターを行う日まであった。

やりたいことだけをやると決める

こうして、どんな仕事でも受け入れたことによって、分刻みで動き回るようなめまぐるしい生活になってしまった。さすがに私も機械ではない。このままでは身体が持たないし、そもそも何のために生きているのかわからない。そう思うようになった。こうした心境の変化は「仕事の依頼が来ないのではないか」という恐怖が杞憂だとはっきりしたからだろう。こうして二〇一七年の後半を境に、私は仕事を選ぶことに決めた。これからは、やりたいことだけをやろうと、心に決めたのである。

まずは監修という仕事から手を引くことにした。

これまで私は、百冊近くの監修本を出版してきた。監修本というのは、ライターに書かせた文章を、有名な作家や研究者などの名前を借りて刊行する書籍のことである。じつはこれ、出版社にとってはおいしい本なのである。一般的な監修本の契約は、ライターに原稿料、監修者に監修料を一度払うだけで、本が売れて増刷しても、新たに金銭を支払うことはない。つまり、売れたら売れただけ、出版社の丸儲けになる仕組みなのだ。同時に監修本は、監修者にとってもおいしい商売といえる。内容の細かいチェックはライターや編集がやってくれ、自分は名前を貸すだけだからだ。

「えっ、責任をもって監修者がしっかり見ているのではないの？」

そう驚く方がいるかもしれない。もちろん、見ている方もいるだろう。しかし、私が校正のさいライターの書いた原稿を丁寧に読んで、赤字をたくさん入れて返送すると、どの編集者も一様に「こんなしっかり見てくれるんですね」と驚く。つまり、それだけいい加減な監修者が多いということだ。じっさい貰える監修料は、書き下ろしにくらべたら微々たる報酬なので、丁寧に見ていたらとても商売にならない。

ただ私の場合、「自分の名が表紙に載るからには読者への責任がある」という変な責任感があり、いつも入念にチェックしてしまう。このため私にとって監修は、まったく割に合わない仕事なのだ。しかも近年は、安い原稿料でいい加減なライターを使っているのか、文章力がはなはだ劣化し、ページによってはほとんど私自身が書き直さなくてはならないような箇所も多くなってきた。歴史的な誤りや勘違いも多い。さらに驚くべきは、ウィキペディアの丸写しをするライターが存在することである。それを見つけたのは、一度だけではない。私はこれまで三度、ウィキペディアをほとんど丸写しにした文章を発見している。文筆にたずさわる者としてあるまじき行為である。しかし残念ながら、こうした馬鹿なライターたちが、出版界にはゴロゴロいるというのが現状なのだ。

そうしたこともあって、私はすっぱり監修本と手を切ることにした。

さらに、テレビ番組に関しても「他の歴史専門家が出演する番組」の監修は、アホらしいのでやめた。私は、自分が出る番組は責任をもって時代考証や監修をしている。このため知り合いのディレクターや噂で知った番組関係者が、こうした依頼をたびたびしてくるようになった。自分が話す内容を事前に確認せず、台本どおり話す歴史専門家がいるのはなんとも驚きだが、私にとっては金銭以外のメリットはないので、すべて断ることにした。

講演会についても、思い切って減らすことにした。独立して初めてわかったことだが、講演会ほど謝礼の幅の大きい世界はない。

出版界では、大手出版社と中小出版社で、初版での印税の金額が二倍以上開くことはめったにない。ところが講演料は、数十倍の差があることは珍しくない。そのため、心苦しくはあるが、私自身の決めた条件に見合う講演以外はすべてお断りすることにした。ただ、やはり義理を欠く勇気はなく、昔からお付き合いのあるところだけは、かなり安い金額で講演を続けている。

ちなみに一番困っているのが、お知り合い価格である。たとえばあなたは、自分の知り合いだからとって、タクシー運転手に「タダで車に乗せてくれ」とは頼まないだろう。ところがけっこうな数、それを平気で頼める人間が、この世には存在しているのである。

講演活動は、私の重要な仕事の一つであり、収入源の大きなパーセンテージを占めている。私自身もプロとして最善の準備をして当日に臨む。そうしなければ参加者は満足してくれないし、評判が悪ければすぐに口コミで噂が広がり、仕事は減るからだ。だから一つの講演には、準備にかなりの時間をかけている。そうした苦労を想像もしないで、無料の講演を頼んでくる知人がいるのは、とても残念なことである。

あと、Ｔｗｉｔｔｅｒやｆａｃｅｂｏｏｋで直接、仕事を頼んでくる輩が増えたことだ。公式ＨＰや講演会仲介業者を通すより面倒ではないし、安いと考えているのかもしれないが、こうした依頼はすべてお断りしている。

十五年ぶりに走る

いずれにせよ、二〇一八年十二月現在、過労死寸前の状態から脱して、忙しいながらも多少時間に余裕が生まれるようになった。

その余暇を使って、始めたことが私にはいくつかある。

一つは運動だ。

教員をやめたとたん、ぶくぶくと太りだした。毎日の通勤（とくに満員電車）と学校での階段の上り下りが、いかにエネルギーを消費していたのかを改めて知った。現役教師時代より忙しくなったといっても、私の仕事は、机にかじりついて本や資料を読み込み、パソコンに向かって文字を打ち込むことだ。これでは、カロリーは減っていかない。それどころか、自宅で仕事をしているので、腹が減ればすぐに食べ物が手に入る環境になった。

結果、わずか数カ月で五キロ以上も体重が増加してしまったのだ。

さすがにこれではいけないと思い、ジョギングをはじめることにした。

いつも川沿いの道を走るのだが、十五年近くも「走る」という動きをしていなかったこともあり、運動をはじめてから二カ月後、アップダウンのきつい箇所を走っていたときグキッとふくらはぎが音をたて、激痛が走り動けなくなってしまった。そう、肉離れをおこしたのである。なんとも情けない話だが、もう若くはないのだとはっきり覚った。

そこで怪我が完治したあと、仕方なくトレーニングジムに入会し、ジョギングマシーンで平坦な道を走ることにした。走るといっても、五キロ進むのに四十分もかかっている。しかも、その後もジョギングマシーンで転倒して尾てい骨を打ったり（おそらく骨折したと思う）、スピードを出しすぎて腰を悪くしたりとトラブル続きである。ただ、食事を抑えたこともあり、どうにか退職前の体重にまで戻すことができた。これからの目標は、毎日十キロ走ることだ。まあ、それを達成できるのが、いったいいつになるかわからないが……。

旅で得たものを糧にして

私は旅好き人間である。

すでに述べたとおり、教員時代も休みを利用して頻繁にハワイに行っていた。だから、フリーになった余暇を利用して、なるべく世界を見てみようと考えた。ただ、大学の講義や講演会があるので、なかなか一週間以上の長旅はできないが、それでも独立してから多くの場所をめぐってきた。

マレーシアのクアラルンプールやマラッカ、タイのバンコクやアユタヤ、台湾の台北・台南・台中、アメリカのハワイ島やグアム、韓国の釜山や蔚山、香港など、いずれも取材をかねてだが、たびたび海外へ出るようになった。そこで驚いたのは、旅行代の安さである。教員時代はサラリーマンと同様、夏休みや年末ぐらいにしかまとまった休みが取れなかったが、フリーランスになったいま、自分で仕事を調整して日程を決めることができる。すると、年末年始やGWの旅行価格がいかに高いかを改めて知った。いまはかつての半額、いや三分の一程度で海外旅行を大いに楽しんでいる。

旅行は、海外だけではない。

今年は年間六十回程度の講演をこなしたが、その半数以上が地方講演である。そこで時間が許す限り、講演前後に一泊して有名な史跡や寺社をめぐることにした。独立一年目には忙しくてなかなかできなかったが、この一年でさまざまな史跡を堪能できた。

関ヶ原古戦場、長篠合戦の古戦場、屋島寺、金刀比羅宮、信濃の善光寺、住吉大社、三井寺、書写山、大坂城、二条城、名古屋城、会津若松城、白河城、二本松城、上田城、福井城などを見学した。実際、この目でみると、あたらめての気づきがあった。これからも国内外、できるだけ多くの場所に行き、そこでカルチャーショックや斬新な経験をし、それを糧にしてよりよい作品を残していきたいと考えている。

私には趣味がない。収集癖もない。ただ、教員時代、フリーになって時間ができたら、やってみたいなと思っていたことが二つあった。料理と釣りである。

料理に関しては、料理教室に入ろうと考えたものの、年間数十回の講演会が不定期に入るので、通うのは無理だとわかった。そこで自宅の台所に立ち、料理本を参考にしばらく料理をつくってみたものの、三カ月程度で飽きてしまった。やはり、料理はつくるより、食べるほうがよい。

釣りも続かなかった。リールの釣り竿を買ってみたものの、うまく使えずに竹竿に変え、何度か近くの川でハゼ釣りをやってみたものの、これも三回ぐらいでやめてしまった。

ずっとやってみたいというあこがれだったのに、いざ始めてみると、自分にとってはそれほど心が躍るようなものではなかったのは何とも不思議であり、ちょっと拍子抜けだった。結局、自分には史資料をあさり、歴史の本を書いているのが一番性に合っているようだ。

まあ、趣味が実益になっているわけだから、これほどありがたいことはないのかもしれないが……。

歴史の醍醐味を伝えていく

さて、いよいよ最後に、自分のこれからのことについて記そうと思う。

組織から脱藩してフリーになったのは、歴史作家に専念するためであった。時間をかけてよい作品を世に送り、歴史というものの面白さ、妙味を世間に広く知ってもらいたいと思ったからであった。

ところが思いもよらず、テレビやラジオ、講演会などの仕事が増え、不特定多数の人びとに歴史について話す機会が激増した。これまでは、狭い教室で四十人程度の生徒たちに話していたことが、数百人、千人、そしてテレビでは数百万人が私の話に耳を傾けてくれるようになったのである。これは、驚くべき拡大であろう。

ゆえに私は、これからも本や講演会、メディアを通じて、どんどんと歴史の面白さや醍醐味を広めていきたい。

では、歴史の面白さや醍醐味とは何か。

ひと言でいえば、「温故知新」だと考えている。

過去に起こった出来事とまったく同じ事は決して起こることはない。しかしながら、同じような事は繰り返し起こっているではないか――。だからこそ、過去の歴史や偉人の行動を知って自分の将来や生き方に役立てる、それこそが、歴史を学ぶ意義だと思うのである。そして近年、そうした考え方を世間に広めていくことが、この私の使命だと確信するようになった。五十歳を知命と呼ぶが、まさに天命を知ったといえるかもしれない。

年齢ついでに、少し話を続けたい。

日本人男性の平均寿命はおよそ八十一歳。しかし、健康問題で日常生活が阻害されずに暮らすことができる健康年齢は七十二歳だという。とすれば、あと私に残された活躍期間は二十年程度。しかしあくまでこれは平均値で、父方は寿命が長いが母方は平均より十年短い。母方系統だと考えると、五十三歳の私が健康でばりばり活躍できるのはあと十年しかない。そう思ったとき、慄然とした。

そこで改めて、考えてみた。高校生のとき、私は坂本龍馬にあこがれ、龍馬のように生き、この日本を変えたいと思った。じつはその思いは、いまも埋み火のように心の中に灯り続けている。吉田松陰のように、日本を改革するような門弟を輩出したい。教員になりたてのころ、そんな理想に燃えていた。学校現場から離れたいまも、その気持ちが続いていることを知っている。

ただ、自分が政治家になって、日本の変革をやるつもりはないし、できるとも思わない。しかし、より良い日本を目指す改革に参画したいとは考えている。とくに、影響力のある政治家や企業家のブレーンとして活動してみたいのである。

また吉田松陰のように、多くの後進を育てたいと考えている。そのためには大学の非常勤講師ではなく、密接に学生と交流できるゼミがもてる専任教員（教授職）に就くことが望ましい。

つまり、歴史家として活動していくだけではなく、大学の専任教授として政財界に影響力を持ち、多くの有能な人材を育成していく、それが私のこれからの展望、夢である。そんなこと、とてもかなうはずがない。そんなふうに思う人もいるかもしれない。

しかし、私は知っている。

すでに述べたとおり、十八歳のとき「強く願えば、願望は必ず実現する」、「人は自分が思ったとおりの人間になる」こと＝成功の法則を学んだ。それに私は、多くの人々がこの法則に学び、偉業を達成していることを知っている。だから決して夢物語だとは考えていない。数年後になるか、もっと先になるかはわからないけれど、おそらく読者諸氏は、私の夢が実現したことを知るときが来るだろう。

大言壮語すれば、ようするに私は、これまで学んできた偉人たち同様、歴史に名を残したいのである。

現在の著者。執筆に講演に忙しい日々が続くが、
とても充実している。

河合敦・年表

年	出来事
1965年	東京都町田市に誕生。河合家の本家は江戸時代より続く豪農。父は分家。
1970年	保育園に入園。母から保育園か幼稚園かを選ばせてもらい、自分の目でみて保育園を選ぶ。
1972年	町田市立忠生第一小学校入学。歩いてわずか3分の地元の小学校。4年生からかなりの悪ガキに。
1978年	町田市立忠生中学校入学。学校はかなり荒れており、ツッパリ少年少女が多数いたが、それに反発を覚え、むしろ勉強に専念。中学2年生のとき、金八先生にあこがれ、学校の教師になろうと決める。
1981年	東京都立成瀬高等学校入学。バスケット・ボールをしたくてこの高校を選んだが、病気のために高校2年生で部活動ができなくなる。司馬遼太郎の『竜馬がゆく』を読んで感激し、高校日本史の教員になろうと決意する。
1984年	国立大学の共通一次テストに失敗、志望校を急遽国立から私立に。桜美林大学経済学部入学。経済の勉強に興味がわかず、やはり歴史を勉強したいと考え再受験を決意。
1985年	青山学院大学文学部史学科入学。塾や家庭教師のかけもちアルバイトをしながら、古美術研究会で活動。授業料はアルバイト代や奨学金で賄う。

年	出来事
1989年	大学卒業。東京都入都。東京都立町田養護学校に着任。日本史を教えられない不満から歴史研究を開始。
1991年	第17回郷土史研究賞優秀賞を受賞。『歴史と旅』（秋田書店）に河合家の先祖の研究が掲載される。養護学校での感動的な体験をエッセーとして応募したところ第6回NTTトーク大賞優秀賞を受賞。
1992年	東京都立小岩高等学校定時制に着任。『歴史と旅』（秋田書店）や『歴史読本』（新人物往来社）よりときどき雑誌の執筆依頼があり、歴史作家を目指すようになる。青山学院大学大学院のゼミに顔を出すようになる。
1993年	歴史作家の加来耕三氏を紹介され、何冊も共著を出すようになる。
1996年	東京都立紅葉川高等学校全日制に着任。全国歴史教育研究協議会の常任理事に就任。
1997年	はじめての著書『早わかり日本史』（日本実業出版社）を刊行。ベストセラーとなる。
1999年	東京都教育研究員（地歴科）として、東京都の日本史教材案を作成。
2000年	文部科学省大学検定試験（大検）作成協力委員に就任。
2001年	「東京の開発21」研究開発委員（地歴科）として歴史の教材を開発。
2002年	教科書指導書『現代の日本史A教授資料』（山川出版社）分担執筆。
2003年	早稲田大学大学院教育学研究科修士課程（日本史を専攻）入学。

2004年	東京都立白鷗高等学校全日制に着任。日本テレビ『世界一受けたい授業』に初出演。以後、ときどきテレビに出演するように。
2005年	早稲田大学大学院修士課程修了。博士課程入学。
2010年	『岩崎弥太郎と三菱四代』（幻冬舎）がベストセラーとなる。
2011年	教科書『江戸から東京へ』（東京都教育委員会）分担執筆。
2012年	早稲田大学教育学部非常勤講師となる。ニッポン放送のワイド番組『上柳昌彦 ごごばん！』「ハートフルライフ プレミアムトーク」に水曜レギュラーとなり、番組終了まで2年間担当。
2013年	都立高校を退職。文教大学付属中学校・高等学校の非常勤教諭となる。
2014年	文教大学付属中学校・高等学校の正教諭となる。多摩大学客員教授に就任。
2016年	文教大学付属中学校・高等学校を退職。完全なフリーランスとなる。講演活動を本格的に始める。フリーになったのが不安で、とにかく来た仕事は請負い、忙しさはピークに。
2017年	初めての小説『窮鼠の一矢』（新泉社）を刊行。過労死を防ぐため仕事を精選するようになる。健康のため、15年ぶりにジョギングをはじめる。
2018年	トレーニングジムに通いはじめる。ＮＨＫ土曜時代ドラマ『ぬけまいる』の時代考証を担当。ＮＨＫラジオ『すっぴん』水曜日レギュラーとなる。現在にいたる。

河合敦（かわい・あつし）

1965年東京都生まれ。歴史研究家・歴史作家。青山学院大学卒。早稲田大学大学院博士課程単位取得満期退学。27年間の高校教諭を経て、現在、多摩大学客員教授、早稲田大学非常勤講師を務める。高校教諭時代から数多くの著作を上梓。歴史作家としてこれまでの著作数は200冊を超える。また、講演活動も積極的に行い、『世界一受けたい授業』などテレビ出演も多数。『逆転した日本史』（扶桑社新書）、『日本史は逆から学べ』（光文社知恵の森文庫）、『歴史の勝者にはウラがある』（PHP文庫）など著書多数。

わたしの旅ブックス

007

旅する歴史家

2019年2月27日　第1刷発行

著者――――――河合敦

編集――――――佐々木勇志（産業編集センター）

ブックデザイン――マツダオフィス

DTP――――――角 知洋_sakana studio

発行所――――――株式会社産業編集センター

〒112-0011

東京都文京区千石4-39-17

TEL 03-5395-6133　FAX 03-5395-5320

http://www.shc.co.jp/book

印刷・製本――――株式会社シナノパブリッシングプレス

ISBN978-4-86311-214-8